F.U. Ricardo

Der Raub des Luzerner Mädchens

F. U. Ricardo

Der Raub des Luzerner Mädchens

Roman

Ricardo, F.U.
Der Raub des Luzerner Mädchens
– 1. Aufl. – 2009
Herstellung und Verlag:
Books on Demand GmbH, Norderstedt (www.bod.de)
ISBN-13: 9783837038026

Umschlagbild: © Fotolia.com

Vorwort

Es war in den Sechzigern des zwanzigsten Jahrhunderts.

Briefmarken sammeln war damals geradezu ein Volkssport. Jeder zweite Junge, jeder zehnte Erwachsene gab sich diesem Steckenpferd hin. Nebst Motiv-Sammeln waren Briefmarken der Schweiz, des Fürstentums Lichtenstein, des Vatikans und viele andere begehrte und gesuchte Objekte. Auch konnten zum Teil beachtliche Wertsteigerungen, vor allem bei seltenen und alten Stücken, verzeichnet werden.

In einer Zeit mit den ersten Kilometern Autobahn in der Schweiz, ohne Gotthardloch für Autos, ohne allgegenwärtige Handys, Internet, DVDs, GPS, Mail-Flut, mit nur sehr wenigen TV: Konnte man da

überhaupt einigermassen interessant und „zivilisiert"
leben?

Eigentlich schon, denn eine nicht gehetzte und ge-
steuerte Masse hatte bedeutend mehr Zeit für Ge-
sprächskultur. Es reichte sogar mal für eine schöpfe-
rische Stille; ja sogar zum Nachdenken über den
Sinn des Lebens.

Also: Steigen wir ein in jene versunkene Welt des
„normalen" Ablaufs der Tage, der Monate und Jahre, die heutzutage geradezu altertümlich erscheinen.
Nostalgie? Vielleicht schon ein wenig!

1

Zigarettenqualm (damals war Rauchen noch kein Sakrileg!) und Stimmengewirr schlugen Robert Burger entgegen, als er die zwei Treppen hinaufeilte zum Saal, worin Briefmarkenhändler ihre Verkaufstische mit philatelistischen Kostbarkeiten oder auch mit Massenware belegt hatten. Ein kleines Plakat: „Heute Briefmarkenbörse, zweiter Stock links im Volkshauses Winterthur" vermochte, trotzdem es etwas verloren am Eingang klebte, viele Interessenten anzulocken.

Tiefhängende grauschwarze Wolken liessen draussen den Regen in dichten Fäden niederprasseln. So war eigentlich jedermann dankbar, ein schützendes Dach über den Kopf zu bekommen.

„Und ich Pechvogel nehme bei einem solchen Sauwetter Ferien", murmelte Robert vor sich hin; wirkte aber dabei gar nicht niedergeschlagen. Denn endlich hatte er ein paar Hunderter zusammen, die ihm einen verlockenden Kauf einer relativen Seltenheit erlauben würden.

Ein dunkelgrau gekleideter Mann stürmte an Robert vorbei wie von einer Tranatel gestochen. Er wich zur Seite und schaute erstaunt und kopfschüttelnd einen Moment dem Hastenden nach, der, immer zwei Stufen der Treppe auslassend, schliesslich durch die Pendeltüre verschwand.

„Was nur bewegt den, so schnell in dieses scheussliche Wetter hinauszukommen", dachte Robert und stieg die letzten Stufen empor.

Droben, im engen Flur, behinderten Jungens mit vor Eifer geröteten Köpfen, gestikulierend ihre Briefmarken tauschend, sein Fortkommen. Ja, hier draussen verhandelte man noch mit Fünfzigrappenstücken. Hier war noch echte Freude am Sammeln auf den Gesichtern zu lesen.

Drinnen im Saal zückte man Hunderter- oder Tausendernoten, um mit feiner Nase und schlauer Berechnung eine mehr oder weniger rentable Kapitalanlage zu ergattern. .

Hier draussen staunte man noch über die kleinen drucktechnischen Wunderwerke. Drinnen staunte man eher über das fünfzigprozentige Ansteigen einer Rarität innerhalb eines Jahres. Hier draussen, bei den sogenannten „wilden Verkäufern", lernte man Kurzweil und echte Sammlerleidenschaft, drinnen oft grösste Anspannung und Spekulation.

2

Robert war nicht einer von jenen Sammlern, die, kam man auf ein gesuchtes Stück zu sprechen, gleich antworten konnten: „Ja, von diesem ‚Fisch‘ habe ich auch dreissig Stück gesichert!"

Seine Sammlung, oder besser gesagt Sammelsurium, bestand einfach aus solchen Wertzeichen, die sein Geldbeutel verschmerzen konnte. Aber uninteressiert war Robert auch nicht, wenn ein neuer Katalog mit preislichen Überraschungen aufwartete. Und heute; ja endlich, hatte er vier Hunderter zusammen, um die begehrteste „Pro-Juventute-Marke" aus dem Jahre 1915 zu ergattern.

„Nun, eigentlich gefällt mir dieses grafische Erzeugnis aus jener Zeit gar nicht besonders, umso mehr aber der Preis, der von Jahr zu Jahr immens in die Höhe klettert", überlegte sich Robert.

„Ob ich einen Fehler mache, für dieses Fetzchen Papier einen halben Monatslohn hinzublättern?"

Trotz diesen Zweifeln steuerte Robert auf einen der ersten Verkaufstische zu. Über und über belegt mit den vielsagenden kleinen bedruckten Papierchen, die ihrerseits oft ein kleines Kunstwerk bedeuteten, stellte sich dem Betrachter da und dort ein kleines Vermögen dar.

Es gab Marken, deren Preis in die Tausende oder sogar Zehntausende von Franken ging und das Herz des Kenners höher schlagen liess. So das weit herum berühmte „Basler Täubchen" oder sogar eine „Zürich Vier/Sechs", die man als gewöhnlicher Sterblicher kaum erwerben, wohl aber bestaunen konnte.

„Haben Sie ein „Luzernerli" zu verkaufen; postfrisch, also ungestempelt?", fragte er nun den Händler und fühlte sich bei dieser Frage doch schon ein wenig als kleiner Kapitalist.

„Nein, leider nicht; sind alle weg", entgegnete der Verkäufer bedauernd. „Aber fragen Sie doch mal am vierten Tisch von hier auf der andern Seite. Ich glaube dort, bei Herrn Steiner, ist was zu machen!"

Dieser Händler war im Moment beschäftigt mit einem anderen Kunden. Robert schaute sich interessiert die Auslagen an.

Eine frische, glockenhelle Stimme liess ihn aufblicken. „Suchen Sie etwas Bestimmtes?"

„Ja, haben Sie ein schönes …?"

Verdutzt und verdattert blickte Robert in ein paar strahlende blaugrüne Augen, in deren Pupillen kleine silberne Pünktchen schimmerten. Diese Augen gehörten einem liebreizenden Gesicht, das von einem kastanienbraunen Lockenkopf umrahmt wurde.

„Was soll ich Schönes haben?", fragte nun wieder diese Glockenstimme.

„Sie haben so wunderschöne Augen", platzte Robert heraus. Aber sofort kam er sich unendlich dumm vor. Die silbernen Pünktchen in den Pupillen verschwanden und eine leichte Röte, ob aus Verlegenheit oder aus Wut, überflog den Teint des Mädchens.

„Bitte entschuldigen Sie mich", stammelte Robert. „Ich wollte fragen, ob ich hier ein schönes ‚Luzerner Mädchen' kaufen könnte?"

„Einen Moment", meinte nun diese helle Stimme, einen Ton reservierter.

„Du, Paps, dieser Herr hier will ein ‚Luzernerli'; haben wir welche?", wendete sich das reizende Mädchen an den Händler, der eben einem anderen Käufer das Wechselgeld reichte.

„Ich komme gleich, Susi!"

„Ja, junger Mann, da wollen wir mal sehen, ob was zu machen ist", meinte der Verkäufer zu Robert gewandt und zog ein Einsteckalbum aus einem geöffneten Koffer, in dem sich zusätzliche Sortimente stapelten.

Er zeigte auf einen Pergamentstreifen und erklärte: „Sehen Sie, hier ist ein erstklassiges Stück. Da, nehmen Sie eine Pinzette und eine Lupe. Schauen Sie sich die Marke in aller Ruhe an! Aber 400 Franken müsste ich schon dafür haben."

Plötzlich blätterte er ganz nervös das ganze Album durch, schüttelte den Kopf und zog, zappelig werdend, ein zweites und drittes Buch hervor. Hastig griff er wieder nach dem ersten Buch.

„Nur einen Augenblick", stotterte der Händler, während er nun Seite um Seite vorsichtig umblätterte, jede Briefmarke anstarrend. Seine Nervosität wuchs mit jeder Sekunde, bis er schliesslich ein „Himmeldonnerwetter" hervorstiess.

Die Leute rundum wurden aufmerksam und traten näher. Robert fragte schliesslich den Mann nach einigen Augenblicken, was denn eigentlich hier abgehe, denn auf der Stirn des Händlers bildeten sich kleine Schweisstropfen.

„Hier, zum Teufel, habe ich einen postfrischen Viererblock des Luzerner Mädchens hineingesteckt", erklärte der Mann zornig, indem er energisch mit dem Finger auf die nun leere Stelle des Albums tippte. „Verkauft habe ich dieses Prachtsstück, das weit über 2000 Franken wert ist, nicht. Es wurde also,

Himmeldonnerwetter mal, gestohlen. Es ist zum Verrücktwerden."

Während nun immer mehr Leute auf die laute Stimme des Händlers hinzutraten, meinte Susi, seine Tochter, mit ihrer Glockenstimme: „Papa, schau doch in aller Ruhe nochmals nach!"

„Das ist sicher das Beste, denn vielleicht täuschen Sie sich", bemerkte nun auch Robert, dabei aber mehrheitlich auf Susi blickend. Wohl nicht aus reinem Mitgefühl über den möglichen Verlust, sondern um nochmals einen Blick aus ihren Augen zu erhaschen.

„Nützt nichts", wetterte Steiner drauflos, sich mit dem Taschentuch die schweissnasse Stirn wischend. „Ich weiss ganz genau, dass ich diesen Block heute Morgen sorgfältig hier eingesteckt habe." Trotzdem blätterte er nun nochmals einen ganzen Stoss Alben durch; aber erfolglos.

„Es ist einfach zum Verrücktwerden; über zwei Tausender sind futsch, dahin, gestohlen! Immer dieselbe Geschichte. Da kommen solche Gauner mit einer Mappe, mit Mantel, Handschuhen, Briefmarkenalben und weiss nicht was alles. Sie zeigen ein Sortiment, mit der Frage, ob man daran vielleicht Interesse habe; legen ihren ganzen Karsumpel hier auf die Auslage, von der sie sich schon zum Voraus das ganz bestimmte Album mit der bestimmten Seite gemerkt haben. Man sieht sich das Angebot an, ist vielleicht gleichzeitig mit ein oder zwei anderen Interessenten beschäftigt. Dann werden die Marken geschickt und blitzschnell hervorgezogen und verschwinden in irgendwelchen Taschen. Bis man endlich merkt, was da gespielt wurde, sind solche Vögel über alle Berge! Himmeldonnerwetter ..."

„Ja, dann rufen Sie doch die Polizei!", ereiferte sich ein kleines Männchen mit einer dicken Hornbrille, dem man die ehrliche Entrüstung vom Gesicht lesen konnte.

„Haben Sie denn keine Versicherung gegen Diebstahl?", fragte aufgeregt ein anderer, indem er seiner Zigarre eine dichte Rauchwolke entlockte und diese einer behäbigen Dame ins Gesicht paffte, so dass diese einen leichten Hustenanfall erlitt.

„Man könnte doch alle hier Anwesenden durchsuchen", meinte die beräucherte Dame, die bereits ihre Handtasche öffnete, um den Inhalt vorzuzeigen und ein Taschentuch zu suchen; als sie bemerkte, wie alle Blicke auf sie gerichtet waren. Nicht etwa, weil sie wie ein Dieb aussah; bewahre!

Aber die zwei niedlichen Tränchen, die der Qualm der schwarzen Brasil den kleinen Mausäuglein entlockte, die sich vergeblich bemühten, über die dicken Bäckchen zu kollern, waren einfach köstlich. Denn beidseitig waren einfach viel zu viel Bäckchen vorhanden, um die Tränen weiterlaufen zu lassen.

Und das zog unwillkürlich anatomisch interessierte Blicke auf sich.

Gutmeinungen und Vorschläge schwirrten hin und her, bis schliesslich Steiner mit einem kräftigen Himmeldonnerwetter, das wohl sein Signet zu sein schien, einigermassen Ruhe herstellte.

„Bleibt mir doch alle vom Leibe mit all der Fragerei und den Vorschlägen!", erklärte er laut. „Es ist nicht das erste Mal, dass mir Marken abhanden gekommen sind. Freilich wurde ich noch nie um einen solchen Betrag geprellt. Den Dieb nachträglich ausfindig zu machen, ist unmöglich. Jeder Sammler könnte einen solchen Block besitzen. Wie soll ich denn feststellen, welcher meiner ist? Es gibt keine besonderen Merkmale. Ja, wenn es sich um eine ganze Sammlung oder nur schon um mehrere ausgewählte Stücke handelt, oder wenn man die Dinger am Stempel wieder erkennt, dann würde ich mich vielleicht an die Polizei wenden. Aber hier hat dieses keinen Sinn. Sehen Sie", meinte Steiner, indem er auf das Hornbrillenmännchen zeigte:

„Sie könnten jetzt in Ihrer Brieftasche einen ungestempelten Viererblock „Luzernerli" haben; und ich könnte behaupten, das sei mein gestohlenes Stück. Sie aber könnten darauf bestehen, dass Sie schon zehn Jahre im Besitz dieser Dinger sind und heute hier verkaufen wollten. Nun, was kann also die Polizei unternehmen?"

Ganz erschrocken zeterte das Männchen: „Ich habe aber keinen in meiner Brieftasche" und zog dabei den erwähnten Gegenstand aus seiner Rocktasche, liess diesen vor lauter Aufregung auf den Boden fallen und sammelte unter dem Gelächter der Leute alles auf, was da rausgeflogen war, Strassenbahn- und Eisenbahntickets, Fotografien, Briefe und Notizblätter und, und, und …

3

Plötzlich erinnerte sich Robert wieder an den grau gekleideten Mann, der in ungestümer und unnatürlicher Hast vor etlichen Minuten auf der Treppe an ihm vorüberschoss.

„Vielleicht ist hier der Anfang einer Spur", dachte er bei sich. Und zu Steiner gewandt erklärte er: „Hören Sie: Hat ein Mann in den mittleren Jahren und in einem grauen Kammgarn-Anzug mit einer schwarzen Aktenmappe heute bei Ihnen vorgesprochen?"

„Ich weiss zwar nicht recht, was Kammgarn und was gewöhnliches Garn ist, aber so ein grauer Mensch ist mir noch deutlich in Erinnerung. Die untere Nasenhälfte war leicht nach links gebogen", meinte Steiner.

„Ja, ja, das ist möglich", rief Robert ganz aufgeregt.

„Was ist denn möglich und was ist mit dem?"

„Der ist mit einem Tempo an mir die Treppe hinter-
gestoben, als wenn ihm der Teufel auf den Fersen
wäre."

„Ja, dann glauben Sie, Himmeldonner ...?"

„Ich vermute nur so was", meinte Robert. „Ohne
Grund geht man doch nicht in solcher Eile und auf
dem schnellsten Weg in dieses scheussliche und
grässliche Wetter hinaus." Dabei warf er einen Sei-
tenblick auf Susi, bei der er in heimlicher Freude
wachsendes Interesse an seiner Person feststellte.

„Genau, Paps! Er hat dir doch eine Luftpostmarke
abkaufen wollen, die im selben Album steckte wie
der gestohlene Viererblock. Schliesslich hatte er am
Stempel etwas auszusetzen gehabt und nichts gekauft", meinte Susi schnell.

„Gut, mein Kind", brummelte Steiner vor sich hin
und blickte zum Fenster, wo der Regen immer noch
in dichten Fäden an den Scheiben herunter rann. „Es
können aber noch ein Dutzend andere Möglichkeiten
mitspielen, die jemanden veranlassen, so schnell wie
möglich fortzukommen."

Die neugierigen Zuschauer verliefen sich allmählich
wieder im Saal, diskutierend und verschiedene Mei-
nungen austauschend. Der Moment der Spannung
war schon wieder verflogen. Robert blieb am Tisch
stehen und sprach weiter mit Steiner über den Dieb-

stahl. Hin und her wurde erwogen, was seinen Verdacht erhärten könnte.

„So kommen wir nicht weiter", erklärte Robert. „Ich will Ihnen einen Vorschlag machen. Ich setzte mich sofort auf die Spur des Grauen und stelle ihn, wenn möglich, zur Rede. Unten am Eingang stehen einige Taxis. Einen eigenen Wagen kann der Mann kaum hier haben; denn die Parkplätze sind auf der hinteren Seite. Und er schnellte direkt zum Vorderausgang. Auch eine Haltestelle der öffentlichen Verkehrsmittel kommt kaum in Frage, denn diese sind ziemlich weit von hier, und der Kerl hatte keinen Schirm bei sich."

„Sie haben aber einen guten Blick für Details", erwiderte Steiner, „denn sie sahen den Mann ja nur einen Augenblick. Gut, versuchen Sie ihr Glück. In einer Stadt verliert sich eine Spur schnell; und seit dem Diebstahl sind nun bereits gut zwanzig Minuten verstrichen!"

„Also, Herr …, wie ist denn eigentlich ihr Name?" fragte Steiner.

„Burger; Robert Burger!"

„Nun, Herr Burger: Freuen würde ich mich schon, wenn sie den Halunken erwischen könnten. Wenn es ihnen wirklich Spass macht, dann beginnen sie die Jagd. Wenn sie einen ersten Erfolg haben, geben sie mir Bescheid. Hier: Meine Karte mit Adresse und

Telefonnummer. Wenn Sie die gestohlenen Marken wieder beschaffen können, haben Sie von mir ein „Luzernerli" als Belohnung zugute. Kaufen sie also jetzt keines; sie können sich die Marke verdienen. Allerdings ist die Chance gleich null."

Steiner zog eine mit Geldscheinen gespickte Brieftasche hervor, entnahm ihr einen Hunderter und streckte den Robert entgegen. „Hier etwas für die ersten Unkosten bei der Verfolgungsjagd."

„Nein, nein", wehrte Robert ab. „Wenn grössere Unkosten entstehen sollten, können wir uns später darüber unterhalten."

Gerne hätte er zu verstehen gegeben, dass dies schliesslich keine reine Nächstenliebe und Helferwillen für einen wohl sehr reichen Händler waren, sich als kleiner Sherlock Holmes aufzuspielen, sondern dass er damit die Adresse in der Hand hatte, um das liebliche Briefmarkenhändler-Töchterchen wiederzusehen.

„Papperlapapp", beschwichtigte Steiner. „Auf ein bisschen mehr oder weniger kommt es jetzt auch nicht mehr an. Sie geben mir Ihre genaue Adresse, und dann können wir uns auf dem Laufenden halten, nicht?"

„Gut, abgemacht!", stimmte Robert bei und schaute etwas verlegen auf den Geldschein in der einen und die Visitenkarte in der anderen Hand:

Hugo Steiner
Kunogasse 68
Luzern

In feinem Graudruck stand die Adresse auf blüten-
weissem Papier vor seinem Auge. Nur der Vorname
Hugo wich in seinen Gedanken dem Vornamen Susi.

„Ich habe ihre Adresse", triumphierte Robert innerlich und gab Steiner seine Anschrift. Nach gegensei-
tigem Händeschütteln und guten Wünschen machte
sich der Verfolger auf den Weg. Er nahm jetzt die
Treppe ebenso schnell, wie vorhin der Kammgarn-
gekleidete. Sofort eilte er zum Taxistand.

„Wenn dieser Burger tatsächlich diesen Halunken
und den Viererblock erwischt", fragte sich Steiner
laut, „ob er ihn dann wohl wirklich zurückbringt
oder für sich selbst behält?"

„Aber Paps", entrüstete sich Susi, „er hat doch ein so
grundehrliches Gesicht!"

„Und ein sehr nettes dazu, nicht, Susilein?"

„Das habe ich nicht gesagt", entrüstete sich Susi.

„Aber wohl gedacht", meinte Steiner lakonisch und
lächelte leise vor sich hin.

4

„Hallo, Mann", rief unten Robert dem einzigen Ta-
xichauffeur zu, der wieder an seinem Platz auf
Kundschaft wartete: „Haben Sie vielleicht vor einer
knappen halben Stunde einen grau gekleideten
Mann, untere Nasenhälfte leicht gebogen, hier zur
Türe hinausstürmen sehen?"

„Doch", meinte dieser, indem er mit einer lässigen
Handbewegung die Asche von der Zigarette kippte.
„Habe ihn sogar zum Hauptbahnhof gefahren, da er
offensichtlich keine Lust hatte, sich von diesem
Sauwetter aufweichen zu lassen."

„Wohin hat er sich dort gewandt?"

„Er fragte nach dem Fahrkartenschalter."

„Bringen Sie mich auf dem schnellsten Weg zum
Bahnhof!"

„Steigen Sie ein!" Nachdem die Wagentür zufiel, brummte der Motor auf. Wie die Feuerwehr ging's nun Richtung Bahnhof. Dem Fahrer bereitete es anscheinend Spass, sein waghalsiges Können unter Beweis zu stellen, denn er lenkte den Wagen durch Regen und Verkehr wie der Titelheld eines amerikanischen Krimis. Und dies, obschon der Weg zum Hauptbahnhof vielleicht etwa 600 Meter betrug. „Man kann ja einen kleinen Umweg fahren, um den Preis zu steigern", dachte sich dieser. Und Robert bemerkte in seiner Aufgeregtheit und Verliebtheit in „silberne Pünktchen" in den Augen einer gewissen Susi diesen Umweg überhaupt nicht. Wirklich: Liebe macht blind, manchmal schon, bevor man sich dieser bewusst wird.

Am Bahnhof eilte Robert durch das Gedränge zur Billettausgabe. Hinter vier Schaltern standen vier Beamte und schnitten wie fast überall auf der Welt gelangweilte und mürrische Gesichter.

„Oh weh!", dachte Robert; „jetzt muss ich wohl einen nach dem anderen abklopfen, bis ich einen Anhaltspunkt habe. Alle schneiden ein Gesicht, als ob sie eine saure Gurke im Hals stecken haben. Dass aber auch viele Beamte immer mürrisch sein müssen!"

Nanu, es musste sein. Er preschte zum Schalter eins, der verheissungsvoll mit „Zürich-Bern-Lausanne-Genf" angeschrieben war.

Der Beamte hob leicht das Kinn, was wohl besagen wollte: „Wohin?"

„Bitte, hat hier ein Mann in einem grauen Anzug, untere Nasenhälfte nach links gebogen, vor einer guten halben Stunde eine Fahrkarte gelöst?"

Beim Beamten zog sich anstatt der Nasenhälfte eine Mundhälfte ganz eindrücklich nach links, begleitet von einem Blick, der die ganze Entrüstung über eine solche belästigende Frage andeutete. Es schnarrte aber immerhin ein Nein aus dem Rundloch der Scheibe.

Schalter drei stand unter dem Motto: „Luzern-Gotthard-Chiasso". Luzern! Dieser Name zog Robert neuerdings magisch an. Er liess vorläufig Schalter zwei aus und versuchte sein Glück bei Nummer drei. Auf die in etwa gleichlautende Frage an den Beamten bekam Robert zur Antwort:

„Wissen Sie eigentlich, wie viele Leute ich täglich hier bediene? Was bilden Sie sich ein mit einer solch idiotischen Frage? Und überdies: ich darf keine Auskunft geben! Beamtengeheimnis!

Robert setzte sein gewinnendes Lächeln auf und meinte: „Ja, ich weiss schon, welchem Stress Sie ausgesetzt sind. Aber bitte machen Sie eine Ausnahme; es ist dringend."

Täglich Hunderte, ja Tausende gestresste Passagiere zu bedienen, kann schon abstumpfen. War da mal einer freundlich, ja sogar bittend, war dies wie Honigseim ins trübe Dasein. Darum meinte der Mann etwas herablassend gütig:

„Meinetwegen! Ein solcher Fahrgast war hier. Aber diese Auskunft bleibt absolute Ausnahme, klar?"

„Bitte, mit welchem Ziel ist der Mann verreist?", fragte Robert nun hastig und zugleich erfreut weiter.

„Warum?"

„Ich muss dem Mann unbedingt folgen!"

„So!"

„Ja, unbedingt!"

„So!"

„Also, wohin reist der Mann?"

„Ja, glauben Sie denn, ich weiss von jedem Fahrgast noch nach Stunden, wohin er reist?"

„Es ist aber erst eine halbe Stunde seither."

„Bleibt sich gleich", murrte der Beamte."

Robert hätte ihm am liebsten Steiners Himmeldonnerwetter ins Gesicht geschleudert; musste sich aber eingestehen, dass er dann von diesem Menschen überhaupt keine Auskunft erhielt. Jeden Augenblick konnte der Zug mit dem Dieb die Bahnhofhalle verlassen, wenn dieser überhaupt noch nicht weg war. Jede Minute war kostbar.

„Erinnern Sie sich doch bitte! Es ist mein Schwager; und ich muss ihm unbedingt mitteilen, dass seine Schwester, also meine Frau, heute einen gesunden Sohn zur Welt brachte. Soeben erfuhr ich von seiner Abreise mit unbekanntem Ziel", erfand Robert eine zu Herzen gehende und vielleicht doch nicht ganz glaubhafte Geschichte.

„Dann telefonieren Sie ihm doch!"

„Himmel …, das geht nicht. Ich weiss nicht, wohin er in den Urlaub reist", stiess Robert immer wütender werdend hervor. „Ich muss ihm unbedingt diese glückliche Nachricht sofort überbringen!"

„Zu spät", behauptete nun der Beamte: „der Zug fährt in zwei Minuten weg!"

„Welcher Zug?"

„Nach Luzern!"

„Ah, zum Teufel, also Bahnsteig eins?"

„Ja!"

„Verbindlichsten Dank, Herr Oberchef der Fahrkartenausgabe. Wenn ich mal wirklich eine Frau habe und diese wirklich einen Sohn hat, so müsste dieser Schalterbeamter werden und den Platz ihrer Witzfigur am Schalter drei einnehmen, damit künftig die Welt vor solchen Idioten geschützt ist!"

5

„Schnellzug nach Luzern-Gotthard-Chiasso-Mailand; ohne Halt bis Luzern: Bitte einsteigen!" ertönte die monotone Lautsprecherstimme.

„Glück gehabt", murmelte Robert vor sich hin, während er sich im letzten Augenblick in den letzten Waggon schwang. Zweimal Glück, denn er besass ein Generalabonnement und brauchte keine Fahrkarte zu kaufen.

Langsam setzte sich die lange Zugskomposition in Bewegung und wand sich wie ein riesiger Tatzelwurm zwischen dem Wirrwarr von Geleisen, zwischen Güter- und Personenwagen, zwischen quietschenden Rangierloks aus der grossen Bahnhofshalle. Allmählich verschwanden die belebten Bahnsteige mit den vielen Reisenden. Nachdem eine Baustelle passiert war, steigerte sich die Geschwindigkeit des Zuges zusehends, bis schliesslich Häuser und Strassen nur so vorbeiflitzten.

Der Regen hatte aufgehört, und zwischen den immer noch tief hängenden Wolken lugte da und dort ein Fetzen blauer Himmel hervor. Robert schaute einen Moment den letzten Regentropfen zu, die an der Scheibe seines Abteils auf- und abtanzten, ehe sie ineinander schossen und als Gerinnsel verliefen.

„Nun, so will ich mal alle Waggons durchsuchen. Vielleicht ist im Abteil des Grauen noch ein Platz frei", munterte Robert sich selbst auf und begann seine Suche.

Schiebetüren auf und zu, endlos, und jedes Coupé aufmerksam beobachtend, schob er sich durch den ganzen langen Zug. Bald war mal da ein grau gekleideter Mann, bald vermeinte er dort eine nach links gebogene Nase zu entdecken. Aber der Gesuchte liess sich nirgends blicken.

Wieder zerrte Robert an einer Waggontür. „Verschlossen", brummte er ärgerlich. Nach vorne blickend bemerkte er aber dann bereits die Lokomotive. „Also ohne Erfolg den ganzen Zug abgegrast", grollte er. „Ich muss auf dem Rückweg genauer aufpassen und hinsehen.

Schliesslich wand er sich wieder mühevoll durch die schmalen Gänge zurück, jeden Reisenden musternd; doch ohne jegliche Spur seines vermutenden Diebs.

„Aber, das ist doch nicht möglich", stiess er ärgerlich hervor. „Jetzt habe ich zweimal Acht gegeben; und wieder nichts! Ob mich wohl der idiotische Schalterbeamte geprellt hat?"

Er wandte sich dem Speisewagen zu. Dort spülte er sich seinen Ärger mit einem Schluck fruchtigen Schweizer Weisswein hinunter und fasste schliesslich den Entschluss, kurz vor Luzern nochmals den ganzen Zug zu durchkämmen.

Trübsinnig blickte Robert durchs Fenster auf die vorüberflitzende Landschaft und auf die allmählich wachsenden Höhenzüge der Berge. Eben tauchte aus dem sich verziehenden Gewölk in der Ferne die berühmte Rigi auf, ein Schweizer Berg, der wohl weit herum bekannt ist. Erster Dezemberschnee lag auf der Bergkuppe. Alles sah in den durchbrechenden Sonnenstrahlen wie frisch gewaschen aus.

Nach einiger Zeit versuchte Robert nochmals sein Glück, zum Ärger mancher Reisenden, die diesen neugierigen Gaffer verwünschten. Vergeblich! Der Gesuchte liess sich nicht finden. Bald tauchten die ersten Häusergruppen von Luzern auf.

„Einen vergeblichen Sonntagsausflug in die Leuchtenstadt, wie Luzern oft genannt wird", fluchte der Enttäuschte vor sich hin. „Nun, ich bin hier gleich auch am Wohnort von Steiner und kann mich von ihm auslachen lassen, wenn ich meinen Misserfolg beichte. Wenigstens ist dadurch ein kurzes Wiedersehen mit Susi möglich", sinnierte er.

Viele Reisende griffen nach ihrem Gepäck und drängten sich dem Wagenausgang zu. In wenigen Augenblicken glitt der Zug in den Bahnhof ein. Auch Robert angelte seinen Regenschirm vom Gepäcknetz, blieb aber noch auf seinem Platz sitzen.

Er liess sich nun Zeit und wollte erst die Menge der sich stossenden und puffenden Leute vorüberlassen. Tief betrübt guckte er auf die aussteigenden Reisenden, die es alle wie immer sehr eilig hatten.

Da, alle Wetter, tauchte doch der Gesuchte plötzlich auf dem Bahnsteig auf, mitten im Strom der Masse!

„Ja, genau: das ist wohl der Sauhund", staunte Robert einen Moment. Dann fuhr er wie von einer Tarantel gestochen vom Sitz auf und riss das Wagenfenster herunter. „Himmel; er ist's; unbedingt. Jetzt erinnere ich mich: die rote Krawatte und der Scheitel in der Mitte. Ah, jetzt entsinne ich mich sogar an solche Details. Ich muss dem Kerl augenblicklich nach! Warte, Bursche: Jetzt entgehst du mir nicht mehr. Aber wo steckte er nur die ganze Zeit? Vielleicht in der Toilette eines Waggons?"

Robert nahm einen Satz aus dem Waggon und eilte dem von den vielen herein- und herausströmenden Reisenden verstopften Ausgang zu. Er arbeitete sich rücksichtslos durch die Menge und erntete etliche

Verwünschungen und Flüche seiner „Anstösser", die er mit „Verzeihung, Entschuldigung und Pardon" beantwortete, sich aber nur noch heftiger vorwärts drängte.

Endlich tauchte der Gesuchte in einem Menschenknäuel auf. Dieser strebte dem Ausgang zu. Robert hielt sich dicht hinter ihm. Nun überquerten beide eine Strasse und schritten einem Trottoir entlang. Plötzlich drehte sich der Graue um, und Robert blickte blitzschnell interessiert in die Auslage von Damenunterwäsche, was ihm damals gewiss noch etliche missbilligende Blicke bescherte. Er behielt aber den Grauen im Augenwinkel.

Dieser spurtete weiter und bog plötzlich um eine Ecke. Robert schoss ihm nach. Leider hatte er nie eine Ausbildung als verdeckter Ermittler erhalten. Aber als er einige Sekunden später genau diese Ecke erreichte, sah er sich auf einem grossen Platz, gespickt mit Ampeln. Dort eilte der Graue nun bei Grün über die Strasse. Eben wechselte das Signal für Fussgänger auf Rot.

„Ach was, für mich reicht's auch noch", sagte sich Robert und fiel in Trab.

Aber schon schrillte die Pfeife eines Hüters des Gesetzes über den Platz. Ebenso schnell, wie Robert den gegenüber liegenden Bürgersteig erreichte, war auch der Polizist zur Stelle und herrschte ihn mit zornrotem Gesicht an: „Haben Sie keine Augen im Kopf oder sind Sie farbenblind?"

Ganz erstaunt blickte Robert auf und erwiderte, mit seinem Regenschirm unter dem Arm den englischen Touristen mimend: „What have you, Sir; can I help you?"

Damit war der Uniformierte am Ende seines Lateins oder seiner Englischkenntnisse. So etwas gab es damals tatsächlich noch! Heutzutage wird ja Englisch bereits mit der Muttermilch vermittelt. Der Polizist deutete mit energischer Zeigefingerbewegung zunächst auf die rote Ampel und dann an den Kopf.

„Die beiden sind sich allerdings ähnlich in der Farbe", dachte der Verkehrssünder und trollte sich kichernd weiter.

Robert hatte während dieses kleinen Zwischenfalls den Grauen nicht aus den Augen gelassen und bemerkte, wie dieser in ein Kaffeehaus in einer engeren Gasse eintrat. Eine halbe Minute später setzte er sich in diesem Café an ein leerstehendes Tischchen in unmittelbarer Nähe des Grauen, der sich dort mehr oder weniger gemütlich, innerlich aber angespannt, niederliess.

Robert beschäftigte sich nun „intensiv" mit einer Illustrierten. Ab und zu schielte er zu seinem Gegenüber und konnte sich nun eingehend seine Gesichtszüge einprägen.

Wirklich, die Nase war ganz bedenklich in der unteren Hälfte nach links gebogen und auch ziemlich stark ausgebildet. Mit einem solchen Riechorgan war die Natur wahrhaft in verschwenderischer Fülle umgegangen. Zwei unstete, dunkle Augen schweiften umher, während ein ausgeprägtes Kinn auf eine gewisse Willensstärke schliessen liess.

Jetzt bestellte der Mann eine Tasse Kaffee. Man hörte einen leisen Akzent. Robert vermutete, als er sich ebenfalls etwas zum Trinken bestellte, einen gebürtigen Italiener oder Spanier.

Und jetzt, wahrhaftig, zog doch der Graue seine Brieftasche hervor, öffnete sie und nahm einen Viererblock „Luzernerli", aufmerksam betrachtend, in seine Hände, während ein leises hämisches Lächeln über sein Gesicht huschte. Robert hätte den Kerl am liebsten geohrfeigt.

„Dieser Lumpenhund weiss nicht mal, dass man ein solch kostbares Stück nur mit einer Pinzette hält", dachte er. „Hol's der Kuckuck, jetzt steckt er den Block wieder in seine Tasche zurück! Warte, Bursche: Dir werde ich schon noch auf die Finger klopfen!"

Zwei weitere Männer schlenderten ins Café und liessen ihre Blicke prüfend über die Anwesenden schweifen. Nun nickten sich der Graue und die Zwei befriedigt zu. Die beiden Männer traten zum Tisch desselben. Dieser blickte überrascht auf und deutete mit der Hand, bei ihm Platz zu nehmen.

„Ah, Sie sind schon hier, meine Herren! Das trifft sich gut. So brauche ich nicht lange zu warten, und wir können das Geschäft gleich besprechen und regeln."

Nachdem sich die beiden gesetzt und eine Bestellung aufgegeben hatten, fuhr der Graue weiter: „Also, nun hören Sie: Es handelt sich diesmal um eine grössere Sache, die selbstverständlich gut ge…"

Hier dämpfte der Sprecher behutsam seine Stimme. Robert hörte nur noch ein undeutliches Gemurmel, während die drei vertraulich näher zusammenrückten. Er behielt die Gruppe scharf im Auge und bemerkte, wie der Dieb bedeutsam die Brauen hochzog und lauter werdend hinzufügte:

„Ja, Sie werden staunen, … meine Herren!"

„Wo soll denn die Ware hinüber?", fragte der eine schmunzelnd.

„Wie üblich."

„Ist es viel?"

„Was heisst viel? Jedenfalls ist … ein beachtlicher Preis."

„Dann allerdings sollte man schleunigst mit den zuständigen ...“

Leider brachte jetzt die Bedienung den beiden Neuen den Kaffee, und das sofort leiser geführte Gespräch ging durch das Geklapper der Tassen gänzlich unter.

„Muss den ausgerechnet jetzt diese alberne Tante sämtliche verfügbaren Aschenbecher auskippen“ dachte Robert ärgerlich, als die drei ihre Betrachtungen, hin und wieder am Kaffee nippend, fortsetzten. Die blechernen Dinger des dienstbaren Geistes vollführten allerdings eine Geräuschkulisse, die jedes Hinhorchen unmöglich machte.

Dabei hätte Robert allzu gern hingehört; denn das „Geschäft“ der drei kam ihm nicht ganz geheuer vor. Endlich war wieder soweit Ruhe, dass er vom Nebentisch die freudige Frage hörte:

„So sind wir also einig?“

„Einig!“

„Sehr gut“, nickte der Graue. Wir haben uns, wie angedeutet, die Mittel verschafft.“ Nun zog dieser, Robert traute seinen Augen kaum, wieder den Viererblock „Luzernerli“ hervor. „Dieses Papierchen ist unter Brüdern gut und gerne zwischen zwei- bis dreitausend Kröten wert. Ich muss es so schnell wie möglich in Bargeld umwandeln. Kennt ihr hier die

Adresse eines Philatelisten in Luzern, bei dem ich das Zeug in Moneten umwandeln kann?"

„Sicher", erklärte einer der Männer: „Steiner, Kunogasse 68, ein guter Händler, soviel ich weiss."

„Teufel auch!", entfuhr es dem Dieb. „Das ist ja …; verflixt, dass der ausgerechnet hier in Luzern wohnen muss. Aber bei dem war es wirklich am leichtesten."

Robert wäre am liebsten aufgesprungen und zum Telefon geeilt, um die Polizei anzurufen; denn jetzt hatte er endgültig die Gewissheit erlangt, wie der Diebstahl vor sich ging. Wenn man den Kerl plötzlich überrumpelte, würde dieser vielleicht ein Geständnis ablegen oder mindestens den Finkenstrich nehmen.

Aber dann erinnerte sich Robert einen Augenblick an den liebenswürdigen Uniformierten an der Ampel und entschloss sich: „Nein, das mache ich ohne diese Leute aus."

„Nun, was ist denn mit Steiner?", wurde der Graue von seinen zwei Kumpanen gefragt.

„Na ja, dem habe ich doch den Block …" Er endete mitten im Satz und blickte um sich, ob wohl kein ungebetener Lauscher in der Nähe sei. Offenbar entdeckte er erst jetzt, dass Robert ein wenig oberflächlich seine Illustrierte studierte und verdächtig nahe an ihrem Tisch sass. Jedenfalls wehrte er ab: „Ach, schon gut. Davon später! Ich will mal nachsehen, ob in jener Musikbox an der Wand was Gescheites steckt."

Bald quollen nun Schlager und Märsche, die in jener Zeit in Mode waren, durch den Raum, unter deren schützenden Getöse das unterbrochene Gespräch von den Dreien ungeniert fortgesetzt werden konnte.

Aus einzelnen Gesprächsfetzen, die Robert bei Pianissimo aufschnappte, konnte er nicht recht klug werden. Denn allzu oft gewährte der Wimmerkasten mit Fortissimo den Dreien wieder ungestörte Diskussion. Sein Verdacht wurde trotzdem immer grösser, dass diese Lumpen an einem Schmugglergeschäft arbeiteten, bei dem die an mehrerenmanchen Orten zugleich gestohlenen Briefmarken schliesslich Bargeld für den Kauf der „Ware" liefern sollten.

„Du lieber Himmel: Euch will ich die Suppe versalzen", dachte er, während endlich die Box den letzten sentimentalen Seufzer von sich gab. „Den Block will ich noch heute Steiner zurückbringen!"

„Also, Herr Collgros", erklärten nun die beiden zu ihrem Kumpanen, der die Marken gestohlen hatte: „Nehmen Sie hier den Viererblock wieder zur Hand. Und in Lugano verkaufen Sie dieses Papierchen morgen einem dortigen Händler. Aber nicht unter dem Katalogpreis; verstehen Sie. Es ist ein gesuchtes Stück! Wir erledigen hier das Nötige und kommen morgen mit dem PKW nach. Um elf Uhr treffen wir uns in Lugano im Lido. Wann fährt ihr Zug?"

„Wenn ich um 17 Uhr hier abreise, habe ich direkten Anschluss mit der Bahn nach Lugano."

„Gut. So wird alles rechtzeitig zusammenkommen und von überall her gemeldet. Sollte inzwischen etwas Dringliches eintreffen, so erreichen Sie mich unter dieser Nummer hier."

Bald darauf trennte sich das Trio. Zurück blieb nur derjenige, der auf den Namen Collgros hörte und jetzt etwas gelangweilt mit dem Zettel spielte, auf dem die hingekritzelte Rufnummer für „Notfälle" stand.

„Seine Nase ist wirklich ein Meisterwerk der abstrakten Kunst und bedenklich nach links gebogen", meinte Robert, nachdem er sein „Opfer" nochmals eindringlich und mit Abscheu besah.

Als die zwei Saubermänner Collgros allein zurückliessen, dachte Robert: „Jetzt ist meine Zeit gekommen!" Er nahm sich vor, gleich zum Angriff überzugehen und den Mann zu überrumpeln. Schnell trat er auf Collgros zu und nahm unaufgefordert an seinem Tisch Platz. Ehe dieser Zeit fand, seinen neuen Tischnachbarn erstaunt zu mustern, begann Robert:

„Hören Sie, mein sehr verehrter Herr, ich will Ihnen jetzt eine allerliebste Geschichte erzählen und bitte um Ihre ungeteilte Aufmerksamkeit. Werden Sie –

in Ihrem eigenen Interesse – ja nicht laut, auch wenn Sie ein wenig aus der Fassung geraten; verstanden?"

„Ja, was zum Teufel wollen Sie von mir?", forschte Collgros ärgerlich und verwundert.

„Pssst! Bitte nicht so laut; in Ihrem eigenen Interesse! Die Geschichte ist die: Ich weiss alles!!"

„Unsinn; was wollen Sie?"

„Ich weiss alles; verstehen Sie mich? Alles!", klopfte Robert auf den Busch.

„Alle Wetter, dann sind Sie nicht nur ein wandelndes Lexikon, sondern auch ein Vollidiot. Aber ich habe wirklich keine Zeit für solche Mätzchen; in wenigen Minuten fährt mein Zug!"

„Nein", entschied Robert jetzt mit scharfem Tonfall. „Ihr Zug geht erst um 17 Uhr nach Lugano."

„Ah", entfuhr es Collgros, „darum also Alleswisser! Lösen Sie doch besser Kreuzworträtsel mit Ihrem Wissen, als dieses durch Horchen und Lauschen zu ergänzen!"

„Ja, ich will Ihnen gerne mit einigen Wörtern das Rätsel lösen, das für Sie ein wirkliches Kreuz bedeuten wird: Briefmarkenbörse Winterthur, Diebstahl, Steiner, Kunogasse 10, Luzern, in der Schweiz heute wohl ein Dutzend Mal vorgekommen, Verkauf der Dinge, dadurch Moneten für Schmuggel und Pascherei …"

„Da soll doch gleich ..."

„Schweigen Sie", warnte Robert barsch, „ich betone es noch einmal: In Ihrem eigenen Interesse. Ich beobachtete den Diebstahl in Winterthur und folgte im Auftrag Steiners Eurem Clown bis hierher. Das Nötigste habe ich nicht nur belauscht: Ich habe Fakten! Geben Sie sich keine Mühe; Sie sind überführt! Auf Wunsch des Bestohlenen soll die Sache möglichst ohne Polizei abgewickelt werden, um Aufsehen zu vermeiden. Das entwendete Stück hat ein untrügliches Kennzeichen; nämlich einen leichten Druck auf der Gummierung der oberen rechten Marke, und dieses Ding steckt in Ihrer Tasche!"

„Jetzt reicht's aber, Donner noch mal! Was für blödes Zeug schwatzen Sie hier eigentlich zusammen, he? Ich werde mich hier gleich beim Chef dieses Hauses über Sie beschweren und auf die Strasse stellen lassen", drohte Collgros.

„Gut. Auch mir geht die Geduld aus, mein Verehrtester", erklärte Robert. „Ich werde nun nach der Polizei und nach Steiner schicken lassen und Sie unterdessen hier mit allen Mitteln festhalten; darauf können Sie Gift nehmen!" Zum Beweis zückte er ein wohl weltweit bekanntes „Swiss-Army-Knife" mit seinen zehn oder mehr Klingen und Werkzeugen und fuchtelte damit vor den Augen Collgros herum.

„Versuchen Sie es doch, Sie unverschämter Kerl! Ich werde …"

„Allerdings werde ich es versuchen", unterbrach Robert Collgros barsch und fasste ihn unsanft am Kragen. „Mit Vergnügen werde ich Ihnen mit diesem Schweizer Präzisionsprodukt Ihre blöde Visage behandeln!"

„Das ist eine freche und gemeine Freiheitsberaubung, die ich mir verbitte", zischte dieser; wurde aber plötzlich doch etwas fahl im Gesicht, als Robert nun aufstand und nach dem Personal und nach einem Telefon rief.

„Also, wählen Sie; aber schnell! Die Marken heraus oder die Polizei und Steiner; wie Sie wünschen!"

„Sie sind ein Satan", knirschte der Bedrängte und griff zögernd nach der Rocktasche. „Ob das stimmt mit dem Kennzeichen an diesem einfältigen Postpapierchen, weiss ich nicht, denn ich verstehe von dem ganzen Zeug nichts. Diese Partie haben Sie gewonnen. Spielen Sie aber mit uns nicht weiter Katz und Maus, sonst …" Unter groben Flüchen warf er die Marken auf den Tisch.

6

„Was wünschen die Herren?", fragte nun die an den Tisch tretende Serviererin. „Sie haben mich doch gerufen, nicht?"

„Zwei Kaffee, bitte", schmunzelte Robert, indem er den Viererblock sorgfältig in seine Brieftasche steckte.

„Ich verzichte!", grollte Collgros und stürmte eiligst davon.

„Dann eben nur einen Kaffee, und zwar an meinen ursprünglichen Platz, bitte. Vielen Dank."

Wütende Blicke auf Robert werfend, blickte sich der Gebeutelte noch einmal um und verschwand; während sich jener behaglich auf seinem alten Platz niederliess. In seinem Glücksgefühl dachte er gar nicht daran, sofort Steiner aufzusuchen. Dieser war ja vielleicht von der Briefmarkenbörse jetzt noch gar nicht zu Hause.

Es schien aber höchst leichtsinnig, den Geprellten nicht auf seinen nächsten Schritten zu beobachten; denn es war doch einigermassen logisch, dass dieser nicht klein beigab, sondern versuchte, das Sammlerstück wieder zu ergattern.

Collgros eilte auch tatsächlich in die nächste Telefonkabine und wählte hastig eine Nummer. Unterdessen träumte Robert schon von dem Moment, in dem er Steiner die Marken wieder überreichen konnte und von Susis Glockenstimme vielleicht Komplimente hörte. Absichtlich wartete er noch einige Zeit, bis er einen Stadtplan verlangte und sich allmählich zur Kunogasse aufmachte.

Draussen dämmerte es schon, als Robert endlich loszog. Vorweihnachtlicher Lichterglanz erfüllte Schaufenster und Geschäftsquartiere. Ein reger Verkehr von Autos und Menschen wogte hin und her. Robert schritt durch einige Strassenzüge und bog schliesslich in ein kleines Gewirr von Seitengassen ein, um sein Ziel zu erreichen. Hier brach mit einem Mal aller Verkehrslärm ab, und auch die Lichter wurden spärlicher. Nur noch vereinzelte, etwas matte Strassenlampen spendeten ein wenig Beleuchtung. Aus Fenstern drang da und dort ein trüber Lichtschein.

Plötzlich traten etwas weiter vorn aus dem Halbdunkel zwei Männer aus einem Gässchen, die Hüte tief ins Gesicht gezogen, und kamen auf Robert zu. Jetzt bemerkte dieser auch hinter sich zwei Gestalten, die auf ihn zuhielten.

Plötzlich hatte er ein beklemmendes Gefühl in der Kehle und im Magen und dachte an die Kerle, denen er heute vor gut zwei Stunden ein Schnippchen geschlagen hatte, was sicher deren Wut herausforderte. Urplötzlich erkannte er seinen grossen Fehler, Collgros nicht weiter beobachtet und selbst sofort aus dem Café weggegangen zu sein.

Mittlerweile waren die zwei von vorn und von hinten bis auf wenige Schritte herangekommen. Weit und breit war kein anderer Passant zu sehen. Robert schaute verzweifelt nach Hilfe umher; aber nirgends war ein Ausweg zu erspähen. Schon wollte er den Mund öffnen und um Hilfe schreien. Da: Die zwei Hinteren schnellten mit drei Sätzen auf ihn zu. Blitzschnell drehte Robert sich um; aber jetzt warfen sich auch die zwei anderen auf ihn.

Er hörte ein zischendes „Da, du Hund, sei dankbar, dass wir dich nicht kalt machen!" und erkannte einen kurzen Augenblick Collgros und den Grauen.

Ein heftiger Schlag auf seinen Schädel und ein paar sehr schmerzhafte Tritte in die Rippen und schon tanzten ein Dutzend gleissender Sterne vor seinen Augen. Die enge Gasse drehte sich wie ein wirrer

Kreisel um ihn und kam näher auf ihn zu. Dann schwanden ihm die Sinne und es wurde schwarz um ihn.

Die vier Dunkelmänner zerrten ihn sofort in den Flur eines anscheinend unbewohnten alten Hauses und machten sich emsig und derb an seinen Taschen zu schaffen. Sie verschwanden so schnell und geräuschlos, wie sie aufgetaucht waren.

7

„Paps, das Abendessen ist bereit."

„Ja, ich komme, Susi. Wo steckt eigentlich Mama?"

„Im Keller; sie will eine gute Flasche Wein aufti-
schen, damit du den Schreck von heute besser über-
stehst."

„Ob dieser Robert Burger wohl mal anruft, um seine
vergeblichen Nachforschungen zu beichten", meinte
Steiner, indem er mit zweifelnder Miene ins Ess-
zimmer trat.

„Vielleicht findet er doch eine Spur, Paps!"

Jetzt pustete eine rundliche und freundliche Frau die
Treppe hoch und stellte mit Gönnermiene eine Fla-
sche Château-Neuf-du-Pape, Jahrgang 1955, auf den
Tisch.

„Aber Hilde, warum ausgerechnet diese?", fragte Steiner seine Gemahlin. „Wir wollen doch nicht einer der besten Flaschen den Hals brechen!"

„Trink ihn aus, den Trank der Labe, und vergiss den grossen Schmerz, sagte schon Gottfried Keller; und der musste es wissen, denn er guckte auch mal gern ins Glas", belehrte Hilde ihre Familie.

Sie hatte nämlich eine grosse Schwäche für grosse Dichter und Klassiker der Weltliteratur. Bei jeder Gelegenheit erwähnte sie diesen oder jenen ihrer Lieblinge, setzte aber in nahezu allen Fällen den falschen Autor hinter das Zitat.

Aber wehe, wenn da einer daher kam und sie korrigieren wollte. Nicht einmal ein Literaturprofessor hätte dies wagen können. Ihr musste keiner kommen, um sie zu belehren. Schliesslich hatte sie meterweise Klassiker in ihrer Bücherwand; und einige sogar davon schon gelesen; punktum!

Die Hausglocke schrillte!

„Sicher wieder Tante Olga; oh, diese Klatschbase", stöhnten Susi, Hilde und Steiner unisonso; und alle schnitten ein Leidensgesicht. „Ich öffne nicht", meinte Steiner.

„Ich muss auf den Kaffee aufpassen", entschuldigte sich Susi.

„Dann also ich; na ja, wie üblich bei der lieben Olga", knurrte Steiner und erhob sich widerwillig und schlurfte zur Tür. Krampfhaft suchte er nach einem Argument, um den unerwünschten Besuch so schnell wie möglich los zu werden.

Er öffnete die Haustüre – und blickte in das entstellte, blutüberströmte und zerbeulte Gesicht eines jungen Mannes in zerschlissener und verschmutzter Kleidung.

„Guten Abend, Herr Steiner", stotterte Robert hervor. „Entschuldigung, dass ich unangemeldet hereinplatze, aber …"

„Himmeldonnerwetter; Sie sind's, Herr Burger? Ja, wie sehen Sie denn aus? Hol's der Kuckuck: Erlitten Sie einen Unfall? Ihr Gesicht ist blutverschmiert, und der Anzug völlig hinüber. Was ist geschehen?"

„Das ist eine verflixte und lange Story; auch äusserst ärgerlich, Herr Steiner. Wenn ich Ihnen dies alles erzähle, werden Sie mich tüchtig auslachen!"

„Ah, ich verstehe; im Zusammenhang mit meinem Block „Luzernerli", nicht wahr?"

„Ja, leider!"

„Aber wieso stürzen Sie sich deswegen in einen Strassengraben und lassen sich grausam vermöbeln? So was muss man nämlich bei Ihrem Anblick vermuten. Aber kommen Sie endlich rein; wir wollen

Ihre Leidensgeschichte bei einem Glas Wein anhören. Zunächst müssen Sie sich waschen, die Wunden pflegen lassen und umziehen. Vielleicht finden wir in meiner Garderobe etwas Passendes. In der jetzigen Aufmachung dürfen Sie nicht brave Leute erschrecken!"

Als Robert in den hell erleuchteten Flur trat und sich erstmals in einem Spiegel betrachtete, bemerkte er eine Vogelscheuche. Schürfungen und Verletzungen im Gesicht und an den Händen; vermutlich auch Prellungen und Verstauchungen am Körper. An seiner Stirn begannen zwei sehr beachtliche Beulen noch weiter anzuschwellen und wollten sich in verschiedenen Farbtönen gegenseitig übertreffen.

„Mein Gott, ich sehe ja aus wie ein Indianer auf dem Kriegspfad nach einem schweren Kampf", entfuhr es Robert, die Schmerzen unterdrückend, denn ein Indianer zeigt ja bekanntlich keinen Schmerz.

„Allerdings", schmunzelte Steiner. Wie kommen Sie eigentlich nach Luzern?"

„Das gehört eben alles zu dieser verwünschten Geschichte, die ich Ihnen wohl nun am besten vollständig erzählen muss!"

Als dann schliesslich Frau Hilde und Susi sich von der ersten Überraschung erholt hatten, seufzte Robert ziemlich niedergeschlagen zu „seinem" Luzerner Mädchen und grossen Schwarm: „Sie werden sich jetzt wohl keine allzu vorteilhafte Meinung über mich bilden. Beim ersten Treffen benahm ich mich wie ein Tölpel und jetzt sehe ich aus wie ein geprügelter Hund."

Susis Glockenstimme meinte beschwichtigend: „Nun, das Erste ist vergeben, und das Zweite, den geprügelten Hund, werden wir jetzt flicken, so gut dies möglich ist. Sie müssen aber tapfer sein, wenn ich Ihre Wunden reinige, und nicht schreien!"

„Und drittens macht ein wenig schnell mit der Flickerei, damit wir uns bald zu einem guten Glas in den Salon setzen können. Ich will nun die ganze verteufelte Geschichte kennen lernen", polterte Steiner drauflos.

Nach der einigermassen geglückten Instandstellung, bei der Robert auch tapfer die Zähne zusammenbiss und die silbernen Pünktchen in Susis Augen suchte, erklärte er nun jedes Detail. Er wurde hie und da unterbrochen durch Steiners „Himmeldonnerwetter".

Der Erzähler bemerkte erfreut das grosse Mitempfinden Susis und eine gewisse Besorgnis bei Frau Hilde. „Und sehen Sie: diesen Zettel schoben mir nach der Schlägerei die Dreckskerle in die Hand. Ich entdeckte diesen erst, als ich wieder zu mir kam!"

„Zeigen Sie mal her." Steiner setzte die Brille auf und buchstabierte: „Lass gefälligst deine Pfoten von unserer Angelegenheit. Wenn du weiterschnüffelst, bekommst du das nächste Mal einen Klaps auf deinen Schädel, von dem du nicht mehr aufwachst."

„Na, klug sind die Burschen nicht gerade. Die können doch davon ausgehen, dass Sie mit diesem Wisch zur Polizei gehen und dort mit Ihrem Verdacht für eine grössere Schmuggelaffäre auspacken, nicht?"

„Ich möchte die Sache lieber allein weiter verfolgen", erläuterte Robert.

„Nun gut", nickte Steiner; „aber seien Sie etwas vorsichtiger. Das Ding scheint grösser zu sein, das da gedreht wird. Und die Briefmarken sind sowieso weg. Übrigens nicht nur bei mir. Inzwischen habe ich von Berufskollegen aus der halben Schweiz erfahren, dass ihnen praktisch gleichzeitig wertvolle Stücke geklaut wurden. Rechnet man grob alles zusammen, so handelt es sich um Ware im Wert bis gegen 100'000 Franken."

„Ich glaube, dass morgen in Lugano diese Wertzeichen versilbert werden sollen", erläuterte Robert. „Und ausserdem: ich möchte mich bei diesem Gesindel doch noch ein wenig bedanken für die Behandlung von heute Abend."

„Junger Mann: ich kann von hier aus meine Kollegen in Lugano orientieren, dass gestohlene Ware verkauft werden soll; und dann würden sie in die Falle laufen. Die einzelnen Stücke sind bald bekannt und können genau beschrieben werden. Es ist dies ähnlich wie bei einem Kunst- oder Gemäldediebstahl. Die Bande müsste doch erbärmlich dumm sein, wenn sie diese Wertzeichen nicht unter der Hand oder auf einem Schwarzmarkt absetzen würden. Also, begeben Sie sich nicht unnötig in Gefahr; ich glaube, die Sache ist gelaufen!"

„Wer sich in Gefahr begibt, kommt darin um" beteuerte Hilde, mit dem Hinweis, dass dies der grosse Schiller schon gesagt habe.

„Ach, das ist doch ein Sprichwort, wahrscheinlich sogar aus dem Buche Sirach in der Bibel, das im Volksmund oft angewandt wird", meinte Robert leichthin.

Plötzlich gab ihm Susi einen Tritt ans Schienbein unter dem grossen runden Tisch, an dem sie alle sassen. Das kam so unerwartet, dass Robert ein halblautes „Au!" hervorstiess, während er gleichzeitig den strafenden Blick von Hilde auf sich gerichtet sah.

„Was sagten Sie?"

„Herr Burger sagte ‚Au', weil eine seiner Schürfungen und Prellungen zuckte, und er meinte, dass nicht nur Schiller, sondern auch Sirach vom Umkommen in Gefahr sprach, Mutti", erläuterte Susi.

„Ach so; ja, nun gut", dehnte Hilde.

Der für Robert düster begonnene Abend endete mit der aufmunternden und einmütigen Feststellung der ganzen Familie Steiner, dass er heute wohl nicht mehr nach Hause zurück reisen könnte, denn der letzte Zug war bereits weg. Ein Hotel käme nicht in Frage; er hätte ja nicht mal eine Zahnbürste dabei. Und das Gästezimmer sollte ja doch auch wieder mal benutzt werden.

Nach anfänglichem Sträuben gab Robert nach; denn innerlich erhob er keinerlei Einspruch bei dem Gedanken, mit dem süssen Geschöpf unter einem Dach zu sein. Er wies darauf hin, dass er ohnehin einige Tage Urlaub geplant habe und dass er morgen gerne einen Ausflug nach Lugano unternehmen wolle. „Irgend etwas muss man doch im Urlaub unternehmen", lächelte Robert, wieder zuversichtlich geworden.

Zu später Stunde wies ihm Susi das Gästezimmer zu. Auf seine Frage, was denn eigentlich der Fusstritt gegen sein empfindliches Schienbein bedeutet habe, erklärte sie: „Wenn Mama ein Sprichwort zitiert, verwechselt sie oft den Autor. Aber sie lässt sich keinesfalls korrigieren und wird fuchsteufelswild, wenn man sie auf den Irrtum aufmerksam macht. Wenn Sie meine Sympathien durch Ihr heutiges Verhalten an der Börse schon verscherzt haben, ist es doch gewiss nicht nötig, auch bei meiner Mama in Ungnade zu fallen!"

„In diesem Fall herzlichen Dank für den Fusstritt", schmunzelte Robert.

„Oh, gern geschehen! Und recht guten Schlaf!"

„Hm!, daraus wird wohl nichts!"

„Warum, schmerzen die Schrammen?"

„Nein, die verlorenen Sympathien."

Ganz deutlich bemerkte jetzt Robert wieder die silbernen Pünktchen in Susis Pupillen, als sie lachend „gute Besserung" erwiderte und ihm einen leichten Kuss auf die Wange hauchte.

Bald fiel Robert in einen unruhigen Schlaf. Der Traum versetzte ihn in eine zerklüftete Grenzgegend, in der Dutzende von Schmugglern um Felsblöcke herumschlichen. Einer davon hatte eine nach links gebogene Nase und schwenkte ihm höhnisch grinsend gestohlene Briefmarken entgegen. Robert wand sich zwischen kleinen und grossen Steinen hindurch und stürzte sich dann auf einen der Pascher. Plötzlich krachte ein Pistolenschuss und – er wachte schweissgebadet auf.

Ja, es krachte wirklich! Er hatte sich vor Aufregung im Bett hin und hergeworfen und anstatt auf den Schmuggler auf die Nachttischlampe geschlagen, die scheppernd und lärmend zu Boden ging.

„Nun aber gibt's wirklich Ruhe", mahnte die herbei-
geeilte Susi, als sie lachend Roberts Traum erfuhr.

„Das ist möglich mit einem nicht nur brüderlichen,
sondern echten Kuss", flehte er sie an. Ihre Lippen
fanden sich zum ersten Mal! Und diese blieben dann
doch recht innig und lange und sanft und zugleich
stürmisch aneinander gepresst.

8

Über Gletscher, Felsen, Firne und steile Kreten im Wallis und Graubünden, über baumbestandene Hänge im Tessin, zieht Nacht für Nacht ein kleines Heer von Schmugglern, auf Italienisch „Spalloni" genannt. Vor allem die Südschweiz ist ein Umschlagplatz eines riesigen Geschäftes, das vielleicht in die Millionen geht: Zigarettenschmuggel!

Gut organisierte Banden verschieben sogar mit Lastwagen, aber auch zu Fuss die „heisse Ware" nach Italien, wo deutlich höhere Preise grosse Gewinne versprechen. Diese „Spalloni", Fussvolk der illegalen Organisationen, versorgen die Fumatori mit wohlfeiler Ware; unter der Hand natürlich; aber auch in unzähligen Bars, Ristorantes, Hotels oder ganz einfach im Quartier-Tabaccheria.

In einer Zeitung in jenen Tagen war ein aufschlussreicher Artikel zu lesen, den man heute kaum mehr begreifen und verstehen kann. Einer der grossen Umschlagplätze war ein kleines, stilles Bergdorf mit dem Namen Carena. Was hier oft am helllichten Tag vor sich ging, konnte einen Uneingeweihten wirklich in Erstaunen versetzen. So augenfällig, so offensichtlich kann man sich ein Schmugglernest kaum ausmalen. Keine Rede von Heimlichkeit und Verschwiegenheit.

Der Ausgangspunkt des grossen Schmugglerweges zum Comersee brauchte eigentlich keine spezielle Tarnung, denn das, was vier oder fünf Kilometer entfernt, jenseits der Bergkämme, als Verbrechen taxiert wird, war hier so etwas wie ein legaler Transport. Ausfuhrverbote waren aufgehoben. Aus diesem Grund konnte man von der „Osteria della Pace" eine wahre Idylle eigenster Prägung erleben: Plaudernde Schweizer Zöllner mit beladenen „Spalloni"! Denn den Grenzbeamten war es verboten, ihre Kollegen in Italien zu informieren.

An der Grenze sind die Schmuggler relativ „sicher". Gefährlicher sind dann allerdings die Fallen und Hinterhalte auf der italienischen Seite. Ein sehr wunderliches Gesetz schützt aber oftmals im letzten Moment die „Spalloni" vor der Verhaftung. Die Vorschrift will es, dass die Schmuggler „in flagranti" ertappt werden, sozusagen mit der Ware auf dem

Rücken. Im kritischen Moment werden die Gesetzesbrecher ihre „Bricolle" einfach auf den Boden und zucken beim Aufblitzen einer Zöllnertaschenlampe bedauernd die Achseln, wenn sie des Paschens bezichtigt werden.

„Aber, Signori! Dieser Sack da vor mir im Gras gehört doch nicht mir! Gewiss, es ist Mitternacht vorbei; aber ein freier Mann darf doch auch um diese Zeit einen Spaziergang unternehmen; wann und wo er will!"

Auf jeden Fall sind die „Spalloni" gegenüber den Carabinieri, die meistens aus einer ganz anderen Gegend stammen, immer im Vorteil. Denn Erstere kennen das Gelände und die geheimen Schleichwege auf Schritt und Tritt. Gewiss; trotzdem werden manchmal Etliche aufgegriffen. An deren Stelle treten aber bald wieder Neue in Aktion. Die geheimen Chefs schleichen allerdings nicht mit ihren „Spalloni" im Grenzgebiet herum, sondern diese sitzen und residieren oft in vornehmen Villen als angesehene Bürger in grösseren Städten. Dieses und mehr kann man aus einem Zeitungsartikel aus jenen Zeiten entnehmen.

9

Robert erreichte Lugano kurz vor Mittag.

„Ja, zum Henker", seufzte er, „Lugano ist gerade
gross genug, um eine Ewigkeit nach den jetzt gewiss
schon verhökerten Briefmarken zu suchen. Gewiss
wird auch überall bei involvierten Stellen gemauert!
Seine Nachforschungen führten zu keinem brauch-
baren Ergebnis, trotzdem liess er sich in einem ein-
fachen Albergo ein Zimmer reservieren.

„Solange mich die verstauchten Rippen, die Schürfungen und Beulen noch brennen und schmerzen,
werde ich die nötige Energie aufbringen, um in hundert Winkelgeschäften nachzufragen, ob Briefmarken zum Kauf oder Verkauf anstehen", gelobte er.

Und dann? Ja, was dann? Schliesslich musste er nun
wohl die Halunken mit dem Geld aus den Marken-

verkäufen und nicht die Diebe vom Sonntag aus den Briefmarkenbörsen aufzuspüren. Er schalt sich doch einen Einfaltspinsel, einfach so ohne Plan und Hals über Kopf in die Sonnenstube der Schweiz gereist zu sein.

„Wird wohl am besten sein, ich krieche zum Kreuz und gehe doch zur Polizei. Aber diese wird mich mit Vorwürfen überschütten und mein eigenmächtiges Handeln belächeln. Und schliesslich werden sie mir erklären, dass inzwischen wohl jede Spur verwischt sei und ich für den entstandenen Schaden mitverantwortlich gemacht werden könne", so überlegte sich Robert. Der Diebstahl von wertvollen Marken in der Schweiz schaffte es zu jener Zeit in manchen Blättern sogar auf die Titelseite.

In Gedanken versunken stand Robert mit düsterer Miene einen Augenblick auf der Piazza del Poppolo. Die Schmerzen der Verletzungen wurden merklich stärker. Er zog ein Taschentuch hervor, um sich die Stirn zu betupfen. Susi steckte ihm heute Morgen ein Frisches, Blütenweisses in die Rocktasche.

Ein Zettel flatterte auf den Boden. Missmutig hob er ihn auf und begann die bekannten Schriftzüge zu lesen: „Lass gefälligst deine Pfoten von unserer Angelegenheit …"

„Das ist doch der Wisch, den mir diese Scheisskerle zusteckten, nachdem sie mich zusammengeschlagen hatten", grollte Robert.

„Halt, was steht denn hier jetzt noch zusätzlich? Bitte, Robert, Vorsicht bei deinen Nachforschungen. Dein Luzerner Mädchen Susi!"

„Dein Luzerner Mädchen", staunte Robert und ihm wurde kalt und heiss zugleich vor Glück. „Susi steckte mir das frische Taschentuch mit diesem Zettel zu und bittet um Vorsicht."

Schliesslich wendete er den Zettel und entdeckte etwas Weiteres. „Ach, leider nur eine Telefonnummer!" Dann blickte er plötzlich wie gebannt auf die Nummer.

„Alle Wetter", stiess er hervor, „diese Ziffern kommen mir irgendwie bekannt vor; Vorwahl 091, also eine Luganeser Nummer. Donner noch einmal, sollten diese Lümmel wirklich so unvorsichtig gewesen sein und in Luzern nach dem Überfall kein anderes Papier verwendet haben, um mir den Drohbrief hinzukritzeln? Sicher, das ist derselbe Wisch, den Collgros in Luzern im Café vor sich liegen hatte, als er mit seinen Kumpanen verhandelte. Gut, meine sehr verehrten Grobiane: Zuerst ich, dann ihr! Also bin nun ich wieder an der Reihe!"

Schrill ertönte eine Signalpfeife über die Piazza. Robert war, nur mit sich und dem Zettel beschäftigt, einfach hin- und hergelaufen und zu einem Verkehrshindernis geworden.

„Eh, Signore: Attenzione!" Und schon klopfte ihm der Hüter des Luganer Strassenverkehrsgesetztes zornig auf die Schulter und liess einen italienischen Wortschwall auf ihn niederprasseln.

„What have you, Sir?", fragte der Getadelte, wieder den Engländer mimend und den Regenschirm unter den Arm pressend, der nun wirklich in dieser Gegend selten benötigt wird.

Kopfschüttelnd marschierte der Uniformierte weg, und Robert kicherte in sich hinein: „Wie sich doch die Polizei überall auf der Welt ähnlich ist! Also, auf die eigene Faust die Verfolgung aufnehmen, ohne Polente."

Er steuerte zur nächsten Telefonkabine, mit dem Gedanken, die Stimme von Collgros einigermassen nachzuäffen. Man erkennt am Draht ja nicht unbedingt sofort eine wildfremde Stimme. „Vielleicht hab ich doch noch mal Glück", murmelte er, hob den Hörer von der Gabel und wählte die Nummer auf seinem Zettel.

„Hallo, hier Collgros!" mimte Robert dessen Stimme nach. „Wer ist am Apparat?"

„Der Chef"

„Himmel", entfuhr es Robert fast zu laut. Dann leiser zu sich selbst: „Der Chef persönlich also; seine Stimme ist mir total unbekannt."

„Was ist los, Collgros? Was flüstern Sie in den Draht? Ich verstehe keine Silbe!"

„Menschenskind, hast du Glück. Der Kerl spricht deutsch", dachte Robert. „Hören Sie, Chef, sind die Briefmarken alle verkauft?"

„Sind Sie wieder betrunken, Collgros? Heute Morgen sagten Sie doch selbst, dass Sie das Geld in der Tasche haben und dafür Zigaretten in grossem Unfang einkaufen wollen", tönte es ärgerlich vom anderen Ende.

Schnell kombinierte der falsche Collgros: „Ach so, mein ehrenwerter Telefon-Doppelgänger ist ein Säufer! Gut; ich tue dem Chef den Gefallen und gebe mich betrunken. Zwischenhinein also ein kräftiges ‚Hicks und Hucks', dann ist meine dumme Fragerei weniger verdächtig. Also doch, Briefmarken für Zigaretten-Schmuggel! Ich muss weiter auf den Busch klopfen."

„Zum Teufel noch mal, reden Sie doch endlich, Collgros", rief der Chef zornig.

„Jaaa – hicks – ich erwischte einen guten Tropfen, hucks, Chef. Ich bin ein wenig durcheinander." Schnauf! „Natürlich hab' ich die Zigaretten gekauft; aber jetzt wohin damit?"

„Sind Sie denn so durcheinander, dass Sie Idiot alles vergessen haben", schrie der Chef wütend. Das wird für Sie ein Nachspiel haben. Wenn Sie einen Fehler machen und der ganze Coup auffliegt, werden sie ein blaues Wunder erleben."

„Tut mir leid, Chef; ich will mich bemühen und besinnen, aber – hicks – der Ort?"

„Sagen Sie doch nicht immer Chef zu mir, Sie Lümmel. Wissen Sie denn nicht mehr, dass dies das Passwort ist, ohne das kein Unbefugter zur 'Konferenz' erscheinen kann? Sie Blödian melden sich einfach am Apparat mit Collgros. Ab heute ist doch der Code ‚Der Chef'' verstanden? Und was faseln Sie immer von einem Ort? Haben Sie denn ein Mühlenrad im Kopf? Ich wiederhole nochmals Ihre Aufgabe, nehmen Sie gefälligst ihre fünf Sinne zusammen! Punkt 16 Uhr melden Sie sich bei Posten vier vor Carena, und zwar mit Ihrem Wagen. Pünktlich, hören Sie, und endlich mal nicht besoffen! Nehmen Sie Tabletten zur Ausnüchterung oder stecken Sie sich meinetwegen den Finger in den Hals zum Kotzen."

„Also: sofort ab zur Besprechung. Wenn Sie dann nicht stocknüchtern sind, geht eine Meldung über Sie an Pedro. Sie wissen hoffentlich, was das bedeutet?! Es darf kein Glied in der Kette reissen."

Robert hörte, wie der Hörer wütend aufgelegt wurde. „Verflixte Geschichte", brummte er. „Ich habe keinen Wagen hier; und ich weiss auch nicht genau, wo das Kaff Carena liegt. Vielleicht findet sich dort des Rätsels Lösung." Immerhin, der Weg nach Lugano hatte sich doch irgendwie gelohnt.

10

Robert rief Steiner in Luzern an. Frau Hilde war am Apparat und erklärte aufgeregt, dass heute Morgen das Telefon etliche Mal geklingelt habe. „Stellen Sie sich vor, Herr Burger, mein Mann hat mit Händlern der halben Schweiz gesprochen, die bestohlen wurden. In einigen Fällen wurde sogar die Polizei eingeschaltet, ist aber bis jetzt erfolglos geblieben. Ich habe Sie bereits im Hotel in Lido zu erreichen versucht. Mein Mann ist nämlich mit seinem Wagen bereits auf dem Weg nach Lugano. Er rechnet, Sie dort gegen drei Uhr nachmittags zu treffen und Sie von einer weiteren Verfolgung der Gangster abzubringen. Sie können also heute Nacht bereits wieder in Luzern sein und mit ihm gleich zurückreisen. Übrigens: Susi begleitet Papa. Sie hat so lange gebettelt, bis mein Mann sich überzeugen liess, dass Sie nur zurückkommen, wenn die beiden Sie zusammen am Wickel nehmen und zurückbringen.

‚Alles hat sein Ende; nur die Wurst hat zwei'; sagte schon Gotthelf. Kommen Sie also so bald wie möglich zurück. Die Polizei wird die Sache schon weiter verfolgen!"

„Susi kommt mit dem Wagen nach Lugano?", staunte Robert.

„Jaah", dehnte Hilde, „aber auch mit meinem Mann, Herr Burger!"

„Das ist gut, sehr gut. Ich benötige nämlich dringend ein Auto."

„Wozu denn?"

„Ich muss unbedingt nach Carena. Die Ware wird dort umgesetzt."

„Welche Ware?"

„Die Diebe kauften vom Erlös der Briefmarken Unmengen von Zigaretten, die sie nun über die Grenze schmuggeln."

„Woher wissen Sie das denn nun so bestimmt?"

„Von irgend einem Chef der Bande, den ich vorhin am Telefon überrumpelt habe!"

„Machen Sie keine Dummheiten, junger Mann; sonst sind Sie wieder der Überrumpelte wie gestern Abend in Luzern. Dann könnten Sie mit Tolstoi ausrufen: ‚Mir wird von alledem so dumm, als ging mir ein Mühlrad im Kopf herum!'"

„Das sagte vorhin der Chef auch."

„Was, das Zitat von Tolstoi?"

„Nein, so was ähnliches wie von einem Mühlrad im Kopf", kicherte Robert.

„Na, hören Sie: Tolstoi sagt das; und nicht ihr Chef; verstanden?"

Dann hörte Robert heute zum zweiten Mal, wie ein Hörer auf die Gabel geknallt wurde.

„O je; jetzt habe ich sie mit ihren Klassikern beleidigt", seufzte er. „Aber Susi kommt mit dem Wagen, und, na ja, auch mit dem Papa im Schlepptau."

11

In Bellinzona – man glaubt es kaum, aber das ist die Hauptstadt des Kantons Tessin und nicht etwa Luganos – schwenkte Robert den Steiners Wagen mit einem grimmigen Lächeln Richtung Carena. Bellinzona, die stolze Hauptstadt des schönen Ticino mit seinen „Tre Castelli", die drei Burgen, welche die Innerschweizer Kantone Uri, Schwyz und Unterwalden bauten, als diese die schönen südlichen Gefilde den Herzögen vom Mailand weggenommen hatten, zeugen von einer bewegten Vergangenheit.

„Warum waren wohl damals die Urschweizer nicht noch weiter nach Süden vorgedrungen, so zum Beispiel nach Como oder Varese?", fragte sich Robert. „Offenbar fühlten sich die wenigen Eidgenossen nicht in der Lage, so weit ins Land der Palmen und Kastanienwälder vorzustossen?" Aber im Moment plagten ihn andere Fragen.

Es war ein harter Strauss auszufechten gewesen, bis ihm Steiner den Wagen für heute Nachmittag überliess. Manches „Himmeldonnerwetter" dröhnte dazwischen, bis Robert dem Händler klarmachen konnte, dass unmöglich alle drei zum Schmugglertreffpunkt fahren könnten.

Er musste Susi und Steiner hoch und heilig versprechen, nichts weiter zu unternehmen, als im Vorbeigehen mal Umschau zu halten und dann sofort nach Bellinzona zurückzukehren. Dort wollten sie auf ihn warten, und zwar in einem gemütlichen Grotto, mit einem Boccalino, etwas Salami und Mortadella.

Ganz intensiv bemerkte Robert wieder die silbernen Pünktchen in Susis Pupillen. Er war wirklich bereits unsterblich in sie verliebt und schmeckte noch jetzt den süssen Kuss von vergangener Nacht auf seinen Lippen. Nein, er spürte diesen eigentlich überall und ihm wurde ganz schwindlig im Kopf.

„Ist dies das Zeichen von künftiger seliger lebenslanger Gefangenschaft?", fragte er sich im Stillen. Susi riss ihn aus den schwelgerischen Vorstellungen in die Realität zurück: „Robert, halte dich an dein Versprechen, sonst lassen wir dich in der Patsche sitzen!"

„Robert?", meinte Steiner erstaunt! Ah; also so weit ist das schon mit euch zweien?"

Robert folgte langsam den letzten Windungen seines Weges nach Carena. Er blickte auf die Uhr: 15:37! Er hatte also noch etwas Zeit, um Näheres auszuspionieren. Eben fuhr ein blauer Sportwagen vorbei, und am Steuer sass – Collgros!

In einigem Abstand folgte Robert nun diesem Wagen, der schliesslich rechts in einen Feldweg einbog und dort plötzlich anhielt, wenige Schritte von einem kleinen Kastanienwäldchen entfernt. Hundert Meter weiter vorn bog der Weg nach links ab und wurde schliesslich durch ein Gesträuch etwas verdeckt.

Auch Robert hielt mit seinem Wagen, pirschte durch das Gestrüpp und lugte durch die Zweige zu Collgros hinüber. Und siehe da, verdeckt unter südländischer Flora parkten noch etliche weitere Wagen.

„Veranstalten diese Vögel hier wohl eine Jagdpartie", sinnierte Robert eine zeitlang. Er vergass sein Versprechen, das er in Bellinzona Susi und Steiner gegeben hatte, denn er konnte seine Neugierde nicht zügeln. Im Wagen von Steiner fand er eine dunkle Sonnenbrille und einen alten Schlabberhut. Damit glaubte er, sich etwas unkenntlich zu machen.

„Sicher findet hier in der Nähe die angedeutete Konferenz oder Besprechung statt", flüsterte er sich zu. Auf dem weichen Waldboden sah er etliche wohl frische Schuhabdrucke. Robert wartete auf weiteres

Geschehen, denn er dachte sich: „Vielleicht kommen noch weitere Leute zu diesem Stelldichein. Ich will beobachten, wohin diese sich von hier aus wenden, um niemandem unvorsichtig in die Arme zu laufen."

Richtig. Nach kurzer Zeit hielt draussen am Waldrand wieder ein Vehikel. Leise schritt ein südländisch aussehender Mann auf dem Waldweg an Roberts Versteck vorbei, ohne diesen zu entdecken. „Menschenskind", dachte der Beobachter und Lauscher, „hab ich Glück, dass der Kerl nicht daher kam, als ich draussen herumschnüffelte und dann hier im Gebüsch verschwand. Wenn sich diese Vögel untereinander kennen, hätte dieser gewiss Verdacht geschöpft."

Geräuschlos folgte Robert wie in einem Indianerfilm dem Mann in einigem Abstand auf dem verschlungenen Pfad, geschickt jede sich bietende Deckung benützend. Plötzlich blickte der Mann kurz zurück; bückte sich dann zu einem grossen Stein und rollte diesen etwas zur Seite. Angestrengt spähte Robert hinüber und sah, dass der Fremde eine Gesichtsmaske hervorzog, diese umband und dann auf eine kleine Waldhütte zuging.

Robert fieberte vor Erregung. „Soll ich, soll ich nicht? Ach was, die Kerle kennen sich untereinander wohl auch nicht persönlich, darum diese Gesichtsmasken. Dort bei dem Stein lagern wahrscheinlich noch mehr solcher Dinger. Nur schnell hin, bevor noch mehr Leute kommen!"

Heftig pochte sein Herz, als er hinüberhetzte und sich zum Stein bückte. Richtig: hier lag ein kleiner Stein an einem grossen angelehnt. Robert hob den Kleinen weg und blickte in eine kleine Vertiefung, in der noch sechs oder sieben Masken lagen.

„Hoffentlich kriege ich keine Flöhe", witzelte er leise, um sich selbst Mut einzuflössen und seine zum Zerreissen angespannten Nerven zu beruhigen. Eilig band er sich so einen Lumpen ums Gesicht. Huch; das Ding roch schauerlich nach Schweiss, Tabak, Knoblauch und faulen Eiern. Alle „Wohlgerüche des Orients" schienen hier miteinander zu wetteifern.

Nach einigen Schritten bemerkte er vor sich nun eine halb verfallene Hütte. Er gab sich einen Ruck, schlug nochmals alle Warnungen in den Wind und schritt darauf zu. Jetzt löste sich eine vermummte Gestalt aus dem Schatten.

„Losung!?"

„Der Chef!" Roberts Stimme zitterte leise.

„Gut. Passieren!"

12

Die Armbewegung des Wachtpostens zeigte auf die halb geöffnete Türe. Dort wurde er unsanft am Arm gefasst und ins dunkle Innere geführt. Dann ging's eine kleine Treppe hinunter in einen von zwei flackernden Kerzen wenig beleuchteten Raum. Robert zählte neun Maskierte. Acht sassen auf grob gezimmerten Bänken, während der Neunte, abseits an einer Art Pult stehend, bei seinem Eintritt auf die Uhr blickte und im barschen Ton bemerkte:

„Zu früh! In Abständen von jeweils fünf Minuten, nicht von zwei! Hinsetzen!"

„Dieselbe Stimme wie heute Mittag am Telefon", durchzuckte es Robert. „Gottlob werde ich nicht gefragt; denn nun kann ich Collgros Stimme nicht nachäffen. Dieser sitzt gewiss schon hier unter den Maskierten. Ich bin eigentlich ein Narr, sich hierher zu wagen, ohne den Rücken gedeckt zu wissen. Wenn was schief geht, so weiss keine Menschenseele, wo ich stecke. Eine einzige falsche Bewegung oder ein falsches Wort werden mich verraten."

Gewiss hatte der Chef Collgros inzwischen wegen seines Suffs schon zur Rede gestellt, und dieser musste doch die Vorwürfe wegen des angeblichen Telefongesprächs energisch zurückgewiesen haben.

„Ah, dass ich ausgerechnet hier in der Nähe dieser verfluchten Kerzen sitzen muss. Hier können mich alle genau mustern und beobachten. Bei der ersten besten Gelegenheit springe ich auf und davon. Die dabei entstehende Verwirrung hilft gewiss, mich zu Steiners Wagen durchzuschlagen."

Diese späte Einsicht und die Fluchtgedanken Roberts wurden immer wieder unterbrochen durch den Eintritt weiterer Banditen, die sich in genauen Abständen folgten und sich setzten. Jetzt kam auch der Posten von draussen sowie ein Mann, der im Innern des Raumes eine Art Führer zu spielen schien. Der Maskierte am Pult klopfte energisch auf das Brett.

„Alle sechzehn Mann sind nun hier", schnarrte die Stimme vom Pult. „Die Orientierung meinerseits ist kurz. Sollten Unklarheiten auftreten, dann fragt am Schluss. Gleichzeitig beginnt auf Posten zwei dieselbe Orientierung für italienisch Sprechende, die heute Nacht Abschnitt B übernehmen. Wir arbeiten im Abschnitt A. Insgesamt zählen wir 31 Mann."

Robert sperrte unter seiner Gesichtsmaske Augen, Ohren und Maul auf, als der Boss weiterfuhr:

„Ich skizziere nochmals den Plan. Am gestrigen Sonntag wurden an etwa 20 Orten von uns Briefmarken im Wert von etwa 100'000 Franken gestohlen. Absichtlich verteilten wir die Arbeit auf nahezu das ganze Gebiet der Schweiz. Wir wollten nicht durch einen einzigen riesigen Coup ein Grossaufgebot der Polente provozieren, die zwar inzwischen von dieser Sache Wind bekommen hat. Wir konnten unsere Vorbereitungen haargenau verfolgen. Einige der Bestohlenen wandten sich zwar an die Polizei, andere aber resignierten und nahmen den Verlust in Kauf. In einem Fall wurde uns sogar ein sogenannter Möchtegern-Detektiv auf die Spur geschoben, den wir aber tüchtig abserviert haben, haha!"

Der Boss fuhr nun, nachdem alle Maskierten höflich über den faulen Witz zustimmend gelacht haben, weiter: „Unser Mittelsmann bei der Polizei spielt seine Rolle hervorragend. Die Grenzbeamten werden heute Nacht auf einen Transport von Zigaretten aufmerksam gemacht. Auf einem von uns selbst genannten Punkt liegen diese auf der Lauer. Während also Abschnitt B Zigaretten in einem Scheinmanöver den konzentrierten Kräften der Zöllner erschrocken vor die Füsse wirft und Hals über Kopf flüchtet; während also die Finanzieris sich über erbeutete Pakete freuen und bereits in Beförderungstaumeln schwelgen, ist die übrige Grenze praktisch unbewacht!"

„Dadurch marschieren wir seelenruhig mit unserem Drogentransport durch den Abschnitt A", höhnte der grosse Führer weiter. „Gerne opfern wir einige Tausend Glimmstengel, um die Ware sicher hinüber zu bringen. Ein Riesengeschäft, denn diese soll in einen stillen Küstenort nach Tunesien verfrachtet werden. Der dort aufkommende Massentourismus verlangt gierig nach Stoff. Ein mehrfacher Gewinn zeichnet sich für uns ab. Drei Mann von uns sind schon bestimmt, die die Ware via Genua nach Tunesien begleiten. Und diese haften mir und dem obersten Chef dafür, dass der Gewinnanteil aufgeteilt und ausgehändigt wird. Weil wir hier alle an einem reibungslosen Ablauf des Unternehmens interessiert und mitbeteiligt sind, werdet ihr in groben Zügen in den ganzen Plan eingeweiht. Jedem wird somit gewiss völlig klar sein, wie ungeheuer wichtig strengstes Befolgen eines jeden ..."

Hier wurde der Chef von einem plötzlich hereinstürmenden jungen Mann unterbrochen, der ihm, während die Bandenmitglieder über den unerwarteten Zwischenfall wie von der Tarantel gestochen in die Höhe fuhren, erregt etwas ins Ohr flüsterte. Die Augen des Sprechers blickten dabei wütend und drohend auf die maskierte Gesellschaft.

Schliesslich schnitt der Chef mit einer energischen Handbewegung das Getuschel, das überall einsetzte, ab, und begann mit schneidender Stimme: „Hört, Leute! Eben jetzt kommt Nummer 16 hereingestürmt und berichtet, er habe unter dem Stein keine Maske mehr vorgefunden."

„Er blieb so lange hier fern, weil er sich diesen Umstand nicht erklären konnte, und zögerte, unmaskiert hier einzutreten. Schliesslich suchte er, irgendeine Gefahr witternd, die nähere Umgebung ab und fand einen Wagen mit Luzerner Kontrollschildern. Es gibt nur eine Erklärung: Wir haben unter uns einen verdammten Spitzel!"

13

Eine unbeschreibliche Szene spielte sich nun hier ab. Flüche und Verwünschungen, drohendes Gebrüll quollen unter den Masken hervor. Robert durchzuckte es glühend heiss und zugleich eiskalt. Er mahnte sich selbst zur Ruhe und kühlen Überlegung, was zu tun sei, aber sein Blut pochte wie rasend durch seine Adern.

„Ruhe, Leute!", donnerte der Chef. „Ihr wisst, dass ich jeden Einzelnen von euch kenne! Darum kommt jetzt einer nach dem andern zu mir und zeigt mir sein Gesicht. Dann werden wir den verräterischen Hund bald haben. Weiss der Teufel, wie unser Losungswort verraten werden konnte!"

„Ah, der Spitzel muss heute mit Ihnen telefoniert haben. Darum also vorhin der mir unerklärliche Vorwurf, ich sei masslos besoffen gewesen!" Robert erkannte die Stimme von Collgros nur allzu deutlich und verfluchte seine Unvorsichtigkeit.

„Nun ja, Collgros: Es wäre für dich allerdings auch nichts Aussergewöhnliches gewesen, zu jener Zeit nicht bereits in verschiedenen Pinten das Schnapsglas begrüsst zu haben. Aber vorwärts jetzt: Ich kann nicht warten, bis wir diesen Dreckskerl erwischen!"

Nun meldete sich der geheimnisvolle grosse Pedro, der „Führer", kurz zu Wort: „Macht ihn kalt und schafft ihn weg!" Kein einziges weiteres Wort mehr hielt dieser Gentleman hier wohl für nötig!

Die Banditen drängten sich nun alle nach vorn und konnten kaum erwarten, ihr ehrliches Galgengesicht zu zeigen. Dadurch entstand ein ziemliches Durcheinander in dem engen Raum.

Wie nun Robert ziemlich hilflos um sich blickte, gewahrte er durch die heftigen Bewegungen ein heftiges Flackern der zwei Kerzen.

„Ich muss dieses Licht ausmachen und im Dunkeln mit ein paar Boxhieben entweichen", durchblitzte ihn ein Rettungsgedanke. Bereits löste der dritte oder vierte Mann vor seinem Chef seine Maske. Die ersten zwei waren damit beschäftigt, den Drecklappen sich wieder umzubinden. Etliche hingen gebannt mit ihren Augen an der Prozedur, ob wohl der Falsche entdeckt würde. Oben an der Treppe stand nur einer, der den Ausgang versperrte.

„Jetzt, oder nie!" Blitzschnell riss Robert Susis Taschentuch hervor, schnellte mit einem gewaltigen Satz zu den beiden Kerzen und presste das Tuch nacheinander gegen die Flammen und darauf sofort in das flüssige, heisse Wachs und drückte die heisse Masse in die Augenschlitze des Kerls an der Treppe. Dieser liess aufschreiend von ihm ab. Im jetzt stockfinsteren Raum entstand ein fürchterliches Gepolter, Geschiebe und Geschrei.

Robert gab einem weiteren Mann, der in seiner Fluchtrichtung stand, sein Knie in die Gegend der Extremitäten, und dieser liess aufheulend von ihm ab. Der Wächter an der Stiege griff mit beiden Händen nach seinen Beinen und schrie: „Hier, helft mir den Mistkerl aufzuhalten!"

Robert aber bellte in die Finsternis: „Ihr Blödiane, ihr haltet den Falschen fest."

Die Angst verdoppelte seine Kräfte und er schob den „Treppenwächter" den wild dreinschlagenden und grölenden Paschern entgegen. Dieser liess aufschreiend von ihm ab. Dadurch wurde Robert für eine Sekunde frei und hastete keuchend hinauf und hinaus.

14

Draussen herrschte in dieser Jahreszeit schon Dunkelheit. Besonders unter den Bäumen war es stockfinster. Damit hatte Robert natürlich nicht gerechnet, denn mit dem kleinen Waldweg, der nicht mehr auszumachen war, schwand auch seine Orientierung. Und doch musste der Gehetzte weiter, denn unten hatte man nun wieder Licht angemacht, und die ersten Gestalten drängten sich aus der verfallenen Hütte hinaus. Schimpfend riss sich Robert die Larve vom Gesicht und rannte aufs Geratewohl los.

Er machte unsanfte Bekanntschaften mit Dornen und Gestrüpp und strauchelte an hervorstehendem Wurzelwerken und Schlingen. Allmählich wurde die Sicht etwas besser, denn seine Augen hatten sich an die Dunkelheit gewöhnt. Zurückblickend sah er seine Verfolger, die sich umschauend und ausschwärmend den Wald absuchten.

„Ich bleibe hier, bis alle weg sind, und dann schleiche ich mich zum Wagen durch", dachte er.

Minute um Minute lauschte er angestrengt. Ein Auto fuhr weg. War dies wohl der berühmt-berüchtigte Pedro? Für einen Augenblick glitten die Scheinwerfer des wendenden Wagens durch die Bäume hindurch. Robert harrte lange zehn Minuten oder mehr in seiner ungemütlichen Lage aus, während Wagen um Wagen wegfuhr. Dann herrschte absolute Stille.

Jetzt schlich er mühsam und sorgfältig vorwärts; huschte über das Feld und erreichte bald darauf Steiners Wagen. Wie er erleichtert aufseufzte und den Motor startete, klammerten sich zehn starke Finger um seinen Hals. Die Überraschung lähmte im Moment seine ganze Widerstandskraft. Links und rechts des Wagens wuchsen nun Gestalten aus der Dunkelheit und packten ihn an Armen und Beinen, während er aus dem Auto gezerrt wurde. Dann hörte Robert die triumphierende Stimme von Collgros: „Hier haben wir den Hundesohn!"

„Ich hab' euch doch gesagt, dass uns der Kerl wie ein dummer Junge in die Arme laufen wird. Schliesst doch dieser Grünschnabel nicht mal seinen Wagen ab, so dass wir uns hier gemütlich dem Studium der Wagenpapiere nachgehen konnten. Diese Karre gehört doch wirklich ausgerechnet einem gewissen Hugo Steiner in Luzern! Es ist zum Brüllen komisch!"

„Also, willkommen, Herr Privatdetektiv. Unsere Fäuste waren kürzlich wohl doch noch zu sanft mit Ihrer Visage umgegangen, dass Sie die bodenlose Frechheit besitzen, sogar hier herumzuschnüffeln. Aber seien Sie unbesorgt, Ihre frisch gewonnenen Erkenntnisse werden Ihnen und Ihren Auftraggebern wenig nützen. Dafür verbürge ich mich. Umsonst hat mich der Chef heute wegen Ihnen nicht zur Sau gemacht", meinte zynisch und verärgert sowie auch triumphierend Collgros.

Unterdrücktes Gelächter! Dann wurde Robert ein übel riechender Wattenbausch gegen Mund und Nase gedrückt und seine Hände straff auf dem Rücken zusammengeschnürt. Er verlor nach wenigen Augenblicken die Besinnung. Schliesslich schubste man ihn in einen bereitstehenden Wagen, der sofort wegfuhr.

Pedro wollte Robert eigentlich sofort umbringen lassen; aber dann witterte der von allen gefürchtete und verehrte Boss das grosse Geschäft mit einem saftigen Lösegeld. „Also dann, vorläufig einfach weg mit dem Miststück!", meinte dieser Halbgott der Bande.

Einsam und verlassen stand da bei einer kleinen Gesträuchgruppe an einer Strassenbiegung in der Nähe von Cardena ein schnittiger BMW mit Luzerner

Kontrollschildern. Und von Robert Burger keine Nachricht und keine Spur!

15

„Himmeldonnerwetter", schimpfte Steiner beim Frühstück. „In diesen Hotelbetten schläft man einfach samt und sonders schlecht. Aber ein gutes Frühstück wiegt manches wieder auf, nicht wahr, Susilein?"

„Ja, gewiss, Paps!"

Susi schaute müde und mitgenommen aus und blickte gelangweilt in die Morgenzeitung, die selbst im Ticino in deutscher Sprache erhältlich war. Sie suchte verkrampft nach Ablenkung von ihrer grossen Sorge um Robert, die Papa und sie die ganze Nacht kaum Ruhe finden liess.

Bis gegen Mitternacht warteten sie in dem Grotto in Bellinzona auf die Rückkehr des wagemutigen jungen Mannes; bis dann der im schönen Süden an vieles gewöhnte Ristorante-Besitzer ihnen klar machte, dass er den Laden schliessen wolle.

Daraufhin eilten sie zur Polizei-Wache und erzählten dort das Nötigste ihrer Geschichte. Sie gaben den Beamten ihre Adresse im Lido in Lugano bekannt, und dass sie dort zu jeder Tages- und Nachtzeit zu erreichen wären.

Ein Streifenwagen der Polizia fand gegen zwei Uhr früh das verlassene Auto und brachte den Wagen Steiner zurück. Der Posten, der am Fundort des BMW Wache und Umschau hielt, meldete am Morgen aus Carena, dass keine Spur eines gewissen Burgers zu finden sei. Man wollte aber im Verlauf des Tages mit Polizeihunden weitere Ermittlungen anstellen. DNA-Analysen kannte man damals noch nicht.

Die Luganeser Polizei informierten Steiner über die Untersuchung seines Wagens. Anhand von Fingerabdrücken konnte festgestellt werden, dass sich mehrere Personen in und am Wagen zu schaffen gemacht hatten und dass offenbar ein drin sitzender Mensch überwältigt wurde. Es roch penetrant nach Äther. Sonderbarer weise hätte man auf dem Boden des Wagens ein stark mit Kerzenwachs verschmiertes Taschentuch gefunden.

Susis Unruhe steigerte sich ins Unermessliche, als sie bei näherer Beschreibung des Taschentuchs dies als das ihrige erkannte.

„Paps, hör mal her", stiess sie aufgeregt hervor: „Robert hat doch recht vermutet! Hier in der Zeitung steht aufreisserisch geschrieben, dass gestern Nacht eine Schmugglerbande mit Tausenden von Stangen Zigaretten von italienischen Zollbeamten aufgespürt wurde. Es gelang den Organen, viele Pakete sicherzustellen, nachdem Warnschüsse in die Luft abgefeuert wurden. Die Schmuggler aber konnten wieder einmal mehr ihr Heil in der Flucht finden. Am Sonntag seien in der Schweiz an etlichen Orten sehr wertvolle Briefmarken gestohlen worden, die dann wohl in Raucherwaren umgetauscht wurden. Über Einzelheiten tappe man zwar noch im Dunkeln!"

„Und", so meinte Steiner aufgebracht, „unsere lieben Freunde der Polizia hier in Lugano hüllen sich in Schweigen, wenigstens uns gegenüber!"

„Und von Robert keine Spur", meinte Susi sorgenvoll. „Sicher weiss er zu viel; jedenfalls viel mehr, als diese alberne Zeitungsmeldung aussagt: Und das ist für ihn lebensgefährlich!"

„Möglich. Aber wenn er zu viel erfahren hat, so nur durch seine Unvorsichtigkeit. Ja, dann schreckt diese Bande vielleicht nicht davor zurück, ihn zum Schweigen zu bringen!"

„Du meinst doch nicht, dass sie ihn töten?" schrie Susi entsetzt auf!

„Kaum, aber es ist einfach, ihn für immer verschwinden zu lassen. Die Welt ist gross!"

„So was gibt's doch heutzutage nicht mehr, Paps! Man kann doch nicht mehr einfach einen Menschen verschwinden lassen, ohne eine riesige Fahndungsaktion via Interpol auszulösen. Ganz zu schweigen von den Medien, die auf Schlagzeilen lauern wie eine Meute hungriger Wölfe!"

„Meine liebe Susi: Es gibt auch heute noch so viel Menschenhandel, soviel Dreck und Morast, so viel Gemeinheit und Hass, so viel Gier nach Macht und Geld, dass wohl täglich Leute verschwinden. Und zwar spurlos, trotz Grossaufgebot der Polizei, trotz Entrüstung und Empörung in der Öffentlichkeit."

„Denn in wenigen Augenblicken wendet sich diese leider träge Masse wieder einer anderen Sensation zu und ergötzt sich daran. Ja, der Sklavenhandel ist längst abgeschafft. Aber allein in den Slums von Megastädten wie Rio oder São Paolo, Kalkutta oder Shanghai findet ein moderner Sklavenhandel gewiss täglich statt. Ich weiss, viele tun dies als Ammenmärchen ab! Warum sollte nun ausgerechnet hier, in unwegsamen Grenzgebieten, in denen seit Jahrhunderten geschmuggelt und geschoben wird, eine Entführung nicht möglich sein. Zumal Robert wohl Mitwisser von gefährlichen Dingen ist, bei denen Hunderttausende von Franken auf dem Spiele stehen? Der Abtransport geschieht geräuschlos und schnell, ins Unbekannte. Und ist das Opfer der fremden Sprache nicht mächtig, so ist es ziemlich hilflos!"

„Eine so lange Rede hast du meines Wissens noch nie gehalten, Paps. Ich schliesse daraus, dass auch du sehr besorgt bist! Robert spricht aber etwas Italienisch sowie Französisch und Englisch!"

„Woher weißt du denn das?"

„Ich fragte ihn am Sonntagabend unter anderem."

„Ja, am Sonntagabend, zum Teufel. Aber weiss der Kuckuck, wohin die Fäden einer solchen Bande überall hinreichen. Vielleicht müsste Robert noch Türkisch und Arabisch beherrschen, um dann jemals wieder mit uns deutsch zu reden. Ich habe mich mit dem Verlust abgefunden und wollte endlich wieder meine Ruhe haben. Aber dieser Burger verstand es, so lange zu bitten und zu betteln und alles zu erklären, bis ich zustimmte, die Verfolgung aufzunehmen. Ich hätte einfach kategorisch abwinken sollen!"

„Aber es ist doch wirklich sehr nett von Robert, dass er sich deinetwegen so viel Mühe macht und sich in den Kopf setzt, dir zu helfen!"

„Ich vermute, sein ausgeprägter Helferwille ist nicht ganz ohne Eigennutz", entgegnete Steiner trocken.

„Aber wieso denn?"

„Ich glaube, er hat sich vielmehr total in dich ver-guckt, als um mir aus der Patsche zu helfen. Sonst hätte er doch bei genauer Analyse der Lage von ei-ner Verfolgung absehen müssen; schon von allem Anfang an. Nein, sein Eifer für diese Geschichte liegt an deinem hübschen Persönchen!"

„Schon gut", winkte Steiner ab, als Susi etwas erwi-dern wollte. „Ich habe schliesslich auch Augen im Kopf. Und ausserdem war ich vor etwa 25 Jahren hinter einem Mädchen namens Hilde her, das dir verteufelt ähnlich war. In etwa weiss ich noch, was für Dummheiten ein junger Kerl dabei anzustellen im Stande ist!"

„Nun, war Hildes stürmischer Verehrer von damals auch in einen Diebstahl verwickelt?", fragte Susi nun doch wieder leise schmunzelnd.

„Ja", polterte Steiner, „meine Ruhe ist mir gestohlen worden!"

„Was doch damals so ein junges Hildchen alles fer-tig brachte."

„Genau das, was jetzt ein junger Robert Burger he-raufbeschwört; denn deine und meine Ruhe ist da-hin! Man weiss ja wirklich nicht, ob es dir plötzlich einfällt, ihn auf eigene Faust zu suchen und dich dann von den Kidnappern auch fassen zu lassen!"

„Jedenfalls wirst du mir nicht zumuten, jetzt nach Hause zu fahren und untätig zu resignieren und zu versauern", erwiderte Susi entschieden.

„Da haben wir also die Bescherung. Himmeldonnerwetter, willst du denn auch klüger und gerissener sein als die Polizei? Weiteres hier Herumsitzen bringt nun wirklich nichts. Wir erfahren gute oder schlechte Nachrichten genau so gut in Luzern. Ich habe übrigens morgen eine dringende Besprechung. Und auch du wirst dich nicht einfach für einige weitere Tage im Büro entschuldigen können ohne einen trifftigen Grund. Tut mir wirklich leid, dieser Burger; aber im Moment können wir mit dem besten Willen nichts für ihn tun. Er kennt unser Haus und wird, falls er frei kommt, sicher bald in deine hübschen Augen blicken wollen."

16

„Herr Steiner: Bitte ans Telefon", unterbrach der Portier in tadellosem Deutsch die beiden; und leiser fügte er hinzu: „Polizei!"

Als Steiner sich etliche Minuten später wieder zum inzwischen kalt gewordenen Kaffee setzte, erklärte er seiner Tochter: „Die Suche mit Polizeihunden und dem Spezialdienst der Kriminalisten hat ergeben, dass sich Burger ziemlich sicher in der Gewalt von Schmuggler-Bossen befindet. Es ist in der Nähe unseres Wagens in Carena in einer zerfallenen Waldhütte ein heimlicher Sammelplatz aufgespürt worden. Anhand von Untersuchungen, die noch laufen, gab es in der Hütte ein heftiges Handgemenge. Es ist anzunehmen, dass die Kerle sich wohl nicht selbst untereinander verhauen. Also musste Robert nach heftiger Gegenwehr überwältigt worden sein."

„Auch die Spuren in unserem BMW deuten auf Gewalt hin. Die Hunde reagierten aber vor lauter Spuren und verschiedenen Gerüchen nicht vernünftig. Vielleicht kann man sich auch nach so vielen Stunden nicht mehr so genau auf die Nase eines Vierbeiners verlassen. Interessant ist, dass in der Hütte zwei dicke Kerzen gefunden wurden, deren Wachs haargenau dem auf Burgers Taschentuch gleicht."

„Jedenfalls steht eine Entführung, wenn nicht noch Schlimmeres, fest. Es ist zum aus der Haut fahren. Wir müssen untätig abwarten, ob weitere Fakten zusammengetragen werden können.

Vielleicht wird Robert sogar misshandelt", weinte Susi. „Zu allen Gemeinheiten sind sie bereit. Das haben diese Lumpen ja bereits in Luzern bewiesen."

„Bestimmt! Wir sind hilflos! Aber bedenke, was die Polizei in kurzer Zeit schon herausgetüftelt hat."

„Ja, man vermutet, man nimmt an; man glaubt zu wissen, man erachtet als wahrscheinlich, man …"

„Die Untersuchungen laufen auf Hochtouren weiter, Susi", fiel Steiner in das Wort. „Uns wurde versichert, als ich auf das Auffinden von Burger drängte, dass auch die italienische Kriminalpolizei, ja sogar Interpol, eingeschaltet ist. Jedenfalls reisen wir jetzt sofort nach Airolo, damit dort unser Wagen noch vor dem grossen Ansturm auf einen Autozug verladen werden kann. Über den Gotthard-Pass zu klettern, finde ich zu dieser Jahreszeit zu gewagt. Ein wenig Schneefall und wir stecken irgendwo fest!"

Mit vielen Bedenken und Vorbehalten liess sich Susi vom beschwichtigenden Vater schliesslich überreden und nach Hause fahren.

Als die beiden am späten Nachmittag bei Hilde resigniert, übernächtigt und abgespannt ihr Gepäck in die nächste Ecke warfen und nach etwas Essbarem verlangten, meinte diese treffend:

„'Recht lustig sei vor allem, wer's Reisen wählen will', sagte schon Heinrich Heine. Und darum setzt ihr euch jetzt zu mir an den Tisch in der Küche. Während ich ein deftiges Essen bereite, erzählt ihr mir hübsch der Reihe nach alles, was sich zugetragen hat. Mit Neuigkeiten wird man von euch ja wahrhaftig nicht verwöhnt!"

Am nächsten Morgen wurden aber Frau Hilde und ihr Mann mit einer Neuigkeit überrumpelt, die ihnen die Sprache verschlug. Auf dem Küchentisch lag ein Zettel folgenden Inhalts:

„Liebe Mami, lieber Paps! Bitte seid mir nicht böse; aber die Sorge um Robert treibt mich fort. Keine Angst: ich werde vorsichtig sein. Ich kann hier einfach nicht weiter herumsitzen, Däumchen drehen und abwarten, ob die Polizei sich bequemt, uns vom Stand der Dinge zu unterrichten. Im Büro wird meine Freundin Gerda meine Abwesenheit entschuldigen. Also, auf bald; und bitte keine Aufregung. Eure Susi!"

17

Weihnachten und sogar Neujahr waren bereits vorbei. In den ersten Januartagen glitt in träger Ruhe das Kursschiff „Henrietta" auf den in der Sonne glitzernden blauen Wassern der See von Catania in Sizilien nach der kleinen Insel Pantelleria, ein kleines Stück Land, das zwischen sizilien und Tunesien liegt.

Das Meer im milden Sonnenschein liess die im Norden tobenden Schneestürme und die eisige Kälte in den Alpen vergessen, ja sogar als unmöglich erscheinen.

Der Name Pantelleria stammt aus dem Arabischen und bedeutet „Tochter der Winde". Gut achtzig Quadratkilometer gross und einige wenige Tausend Einwohner zählend, war dieser Fleck Erde wohl selbst den meisten Italienern unbekannt, geschweige denn in Europa oder in der weiten Welt. Landwirtschaft, Wein und Kapern sind die spärlichen Einnahmequellen der Leute dort. Etliche Jahre später sollte dann sogar ein spärlicher Tourismus Einzug halten.

Im Winter herrscht trockenes Klima; aber nahezu immer Wind. Im Zweiten Weltkrieg war vielleicht diese kleine Insel für Augenblicke in der Öffentlichkeit bekannt; denn dort war das erste Ziel der alliierten Invasion Italiens. Dazu wurden damals mehr Bomben abgeworfen als beim verheerenden Angriff auf die Stadt Dresden. Wie kurzlebig aber das Gedächtnis der meisten Leute ist, zeigt, dass diese Insel heute praktisch kaum jemand kennt.

An Bord der „Henrietta", die vor kurzem in Catania ausgelaufen war, befanden sich nur wenige Passagiere. Es war also eine der gewöhnlichen und damit auch langweiligen Dienstfahrten für die Crew.

„Wie weit haben wir noch, Signore?", fragte ein Mann mit einer auffällig nach links gebogenen unteren Nasenhälfte den Kapitän. Dieser stand an der Reling und sog die Luft prüfend durch die Nase ein.

„In knapp zwei Stunden sollten wir anlegen können. Ist aber auch langsam Zeit!"

„Warum?"

„Hm, schätze, wir bekommen Sturm!"

„Sturm? Aber kein Wölkchen trübt den Himmel, und die Wellen sind doch auch nicht hoch!"

„Keine hohen Wellen nennen Sie das, Signore? Spiegelglatt ist das Wasser, und kein Lufthauch ist zu bemerken. Aber wer seine Füsse ein halbes Menschenalter zwischen Backbord und Steuerbord vertreten hat, traut dieser Stille nicht. Freilich, für eine Landratte ist dieses leichte Gekräusel schon ein Wellengang, haha. Aber ich sage Ihnen, das ist die berühmte Ruhe vor dem Sturm."

„Haben Sie an Land vor einem heftigen Gewitter noch nie bemerkt, dass alle Winde wie auf ein heimliches Kommando den Atem anhalten und versteckt lauern, um dann umso heftiger loszuschlagen? Wie eine fast unheimliche Stille eintritt und sich kein Blättchen an den Bäumen regt? Auch die Vögel zwitschern nicht und halten sich still? Und dann bricht urplötzlich das Wetter herein; und es giesst, prasselt und donnert von allen Seiten her. Warten Sie: In einer guten Stunde geht's los! Und dann kennen Sie den Himmel und das Wasser nicht mehr. Auch der Wetterdienst meldet Sturm von Südwest. Aber ich vertraue noch viel lieber meiner Nase, die solche Dinge meilenweit riecht und die mich noch nie betrogen hat. Sie ist zuverlässiger, als alle meteorologischen Geräte."

„Sie könnten sich darin übrigens auch ausbilden lassen", meinte brummig der Kapitän. „Ihr Riechorgan ist auch nicht von schlechten Eltern, hahaha! Aber Spass beiseite: Wenn wir vor dem Unwetter die Insel nicht mehr anlaufen können, so gehen Sie in Ihre Kajüte, denn hier oben würden Sie wohl arg zugerichtet."

Der Mann mit dem links gebogenen Riechgerät war kein anderer als Collgros. Durch die Erläuterungen des Kapitäns nun doch etwas besorgt geworden, betrachtete er aufmerksam den Himmel, konnte aber einfach nichts Verdächtiges oder Beunruhigendes entdecken.

„Sonderbarer Kauz", murmelte nun ein vorbeigehender Steward dem Kapitän zu, der zwar das Gespräch vorhin nicht verstanden hatte, wohl aber den prüfenden und abschätzenden Blick des Kapitäns bemerkt hatte.

„Ja", meinte dieser. „Möchte nur wissen, was der sympathische junge Mann, der immer in seiner Nähe ist, mit dem zu schaffen hat. Die schauen einander stets an, wie wenn sie sich fressen wollten."

„Die Papiere sind in Ordnung", meinte der Stewart. Der „Nasenmensch" ist Spanier, und der junge Mann an seiner Seite soll Kanadier sein aus Montreal. Sein Französisch hat zwar einen komischen Akzent; aber ich kenne keine Leute aus der Provinz Quebec. Die beiden sollen zu Studienzwecken viele Mittelmeerinseln bereisen. Dabei möchte ich aber

schwören, den Jungen ab und zu mal auf Schweizerdeutsch kräftig fluchen gehört zu haben!"

„Was du ja eigentlich verstehen solltest als alter
Svizzeri aus dem Ticino. Fluchen in anderen Spra-
chen ist ja immer das Erste, was man lernt", lachte
der Kapitän. „Aber wirklich: ein komisches Paar!"

Nach einer guten Viertelstunde überzog sich doch
tatsächlich der Himmel zuerst mit einer grauen, dann
mit einer tiefschwarzen Wolkendecke. Das Meer
wurde merklich unruhiger, und die Wogen erhielten
jetzt eine tiefdunkle, fast drohende Farbe. Sie hatten
noch keine schnellere Bewegung als bisher, glichen
aber trotzdem unheimlichen Vorboten der tobenden
Elemente.

Zum immer noch auf diese drastischen Veränderun-
gen starrenden Collgros trat nun der zuvor erwähnte
junge Mann mit kanadischem Pass: Robert Burger!

„Was willst du jetzt schon wieder?", zischte an der
Reling gelehnt der aus seinen Betrachtungen Geris-
sene. „Ich hab dir doch wohl zu wenig Schlafmittel
verabreicht?"

„Am liebsten dich über Bord werfen, du Satansbra-
ten", fuhr Robert ihn an. „Aha, es gibt Sturm! Du
hättest demnach ein grösseres Schiff wählen sollen
für den Transport des Rauschgiftes. Wenn wir jetzt
mit dieser altersschwachen Fregatte Schiffbruch
erleiden, kannst du auf dem Meeresboden nach dem

Stoff tauchen und meinetwegen dabei dreimal ersaufen. Mit dir begraben wäre dann auch umgerechnet ein Wert von etwa 300'000 Fränkli. Viel zu viel für so einen Drecklump!"

„Schweig!", knirschte Collgros. „Oder muss ich wieder Tabletten in deinen Kaffee schütten, damit du endlich zahm bleibst?"

18

„Es ist meine Pflicht, jeden Fahrgast bei drohender Gefahr in die Kajüte zu weisen. Meine Herren: Bitte befolgen Sie meine Anweisungen." Mit diesen Worten trat der Steward zu Collgros und Robert, um die beiden in ihre gemeinsame Kabine zu geleiten.

Als ob der Sturm auf diese Worte gewartet hätte, brach er nun mit voller Gewalt los. Ein Blitz zuckte auf, ein krachender Donnerschlag. Und dann prasselte ein dichter, durch aufheulende Winde gepeitschter Regen auf das Deck. In der nun nahezu herrschenden Dunkelheit wälzten sich die Wogen erst meter-, dann haushoch übereinander und durcheinander. Weisse, brodelnde Gischt spritze wie Fontänen über die Wellenkämme.

Das brüllte und schäumte, ächzte, knarrte und pfiff um die davon Eilenden. Plötzlich wurde Collgros durch einen heftigen Windstoss, dem Robert auch recht derb nachhalf, zu Boden geschleudert. Er schrie auf und hielt stöhnend sein Bein. Hastig riss Robert den überraschten Steward zur Seite und schrie ihm ins Ohr:

„Signore, schnell, schnell, lassen Sie diesen Mann einen Moment liegen. Er ist ein Verbrecher! Ich muss dringend mit Ihnen sprechen, hören Sie: Unbedingt! Helfen Sie mir …"

Im Toben und Heulen des Sturmes verstand der verblüffte Steward nur einen Bruchteil; erriet aber an den beschwörenden Gesten des jungen Kanadiers, der ihm eigentlich sympathisch war, seine Absicht. Nach kurzem Zögern liess er also Collgros, mit einem Tau befestigt, an Deck liegen und wies in einen unter der Kommandobrücke liegenden kleinen Raum.

Wohl war auch hier noch ein Schaukeln und Schlingern, ein Stampfen und Brausen. Aber das ärgste Wüten des Sturmes wurde durch die Stahlwände etwas gemildert.

„Sie sind Kanadier?"

„Nein, Schweizer."

„Was, Sie haben einen gefälschten Pass?"

„Ja, leider. Mein legitimer Ausweis wurde mir abgenommen, weil man mich auf die Insel Pantelleria verbannen und Lösegeld erpressen will. Ich weiss nur nicht, wer für mich bezahlen sollte. Der kanadische Pass gilt nur zur Täuschung bei den verschiedenen Hafenbehörden und Schiffen, um mich ungehindert überall durchzuschleusen. Die Kontrolle war überall so oberflächlich; sonst hätte jemand gewiss längst bemerkt, wie dilletantisch das alte Foto herausgenommen und mein Bild eingeklebt wurde, ohne auf genaue Übereinstimmung mit dem Stempel zu achten", beteuerte Robert.

„Ach, Unsinn! So was gibt's doch nicht!"

„Bitte hören Sie mich an und nehmen Sie sich die Zeit. Es ist eine verflixte Geschichte. Ich hoffe auf Ihre Hilfe!"

„Gut, ich will nach dem Sturm den Kapitän herbeirufen. Aber sprechen Sie deutsch mit mir. Ihr Italienisch ist zwar nicht so schlecht, auch nicht Ihr Kanada-Französisch. Aber ich meine, Deutsch macht Ihnen weniger Kopfzerbrechen. Hier meine Hand. Ich bin nämlich auch Schweizer. Obschon man diese Sorte Leute überall auf der Welt antrifft, freut man sich doch immer wieder, ein paar Worte auf Schweizerdeutsch schimpfen zu können. Wie heissen Sie wirklich?"

„Burger, Robert Burger. Welch glücklicher Zufall, Herr…?"

„Pedrini, Fausto Pedrini aus Morcote. Früher Faltbootfahrer auf dem Luganersee; derzeit Steward auf diesem Linienschiff der christlichen Seefahrt mit Namen ‚Henrietta'; vertraglich auf dieser Luxusjacht noch für zwei Tage gebunden. Deswegen unterhalten wir uns hier, als ob es an Bord nichts zu tun gäbe bei diesem Sturm. In wenigen Stunden bin ich frei! Das Herumschippern mit diesem – Wie nannte man dies früher? – ‚Seelenverkäufer' hängt mir reichlich zum Hals hinaus. Bin wirklich froh, den Dienst hier quittieren zu können, vor allem in dieser gottverlassenen Gegend."

„Aber ich will demnächst wieder in See stechen. Denn wissen Sie, wenn man mal Schiffsplanken unter den Füssen fühlte und Salzwasser geschluckt hat, dann zerrt und zieht es einem mit allen Fasern wieder in die Weite, in die unermessliche Ferne. Ah richtig, jetzt will ich Ihnen meine mütterlicherseits erworbenen Deutschkenntnisse unter Beweis stellen", lachte Pedrini, „während Sie hier unruhig hin und herrutschen und mir offensichtlich Interessantes über Ihre Geschichte erzählen wollen!"

„Ja", erklärte Robert. „Bitte schenken Sie einem Landsmann von Ihnen Glauben, auch wenn manches unwahrscheinlich klingt!"

„Gut; schiessen Sie los. Ihr unliebsamer Begleiter ist inzwischen mit einem schweren Knochenbruch in seiner Kabine eingesperrt und kann uns nicht belästigen."

„Hätte er nur statt des Beines den Hals gebrochen", polterte Robert.

19

Robert berichtete nun von seinen Erlebnissen vom Briefmarkenraub bis zu seiner Entführung in Carena. Hier wurde er vom immer aufmerksamer gewordenen Zuhörer unterbrochen, der hervorstiess:

„Hören Sie, wenn Sie diese Story einem der hier seltenen Passagiere erzählen würden, so erhielten Sie vermutlich nur ein ungläubiges Kopfschütteln. Ich bin aber in der Grenzregion aufgewachsen und habe bei meinen Lausbubenzügen auf dem Luganersee und an Land manches wahrgenommen, was einen Zöllner oder Polizisten in Harnisch gebracht hätte. Aber weiter; erzählen Sie! Denn der interessantere Teil steht wohl noch aus, so glaube ich. Wie kommen Sie vom schönen Tessin denn nur nach Sizilien?"

„Das ist ja das Verrückte an der Sache", knirschte Robert. Man will mich zwar nicht umbringen, aber für einige Zeit unschädlich machen, bis die grosse Sache gelaufen ist, und hernach Lösegeld erpressen. Weiss der Himmel, von wem? Und ich bin nicht so naiv, zu glauben, dass wenn sogar Gott selbst für mich bezahlen würde, ich nachher nicht doch den Haien zum Frass vorgeworfen werde."

„Also", fuhr Robert weiter: „Kein Geld, ein falscher Pass, einige Brocken Italienisch! So dauert es wohl ewig, bis ich mich auf Schleichwegen in einer völlig unbekannten Gegend mit einem Konsulat in Verbindung setzen könnte."

„So gross ist die Schweiz nun auch wieder nicht, dass sie sogar auf Pantelleria ein Konsulat unterhalten würde", meinte Pedrini. „Wissen Sie eigentlich, was für ein gottverlassener Flecken diese Insel ist?"

„Zum Glück ist Dank des Sturmes Collgros verletzt und aktionsunfähig, und ich kam mit Ihnen ins Gespräch. Darf ich auf Ihre Unterstützung hoffen?"

„Gewiss", entgegnete Pedrini. „Dieses Gesindel soll sich wundern! Aber erzählen Sie weiter!"

„Ich muss mich kurz fassen und nur das Wesentliche anführen. Man presste mir einen mit Äther getränkten Lappen auf's Gesicht und schleppte mich fort. Ich erwachte einige Zeit später in einem Aussenquartier von Mailand. Jedenfalls wurde mir dies höhnisch mitgeteilt.

„Zu meinem Entsetzen wurde einige Zeit später – ich hatte jeden Zeitbegriff verloren – Susi, die ich kürzlich kennen und lieben gelernt habe, zu mir in mein Loch gestossen. Zuerst glaubte ich an eine Vision, wurde aber bald in die traurige Wirklichkeit zurückgerissen. Der grosse Pedro, wie der Gangsterboss genannt wurde, beehrte mich und Susi persönlich mit seinem Besuch und erklärte in einigermassen verständlichem Deutsch, allerdings mit arabischem Akzent:

‚Reizendes Pärchen! Eigentlich schade, dass ihr zwei nicht lange zusammen bleibt. Aber wir haben mit der Signorina etwas Gescheiteres vor, als die Frau eines Privatdetektivs zu werden. In Tunis sind immer mehr hübsche Lärvchen gesucht. Auch deine Figur und deine samtweisse Haut sind bei Arabern heiss begehrt. Ist doch viel interessanter, als hinter dem Kochherd und Spültisch zu stehen und Kindergeschrei zu ertragen. Das Leben in einem Luxusbordell hat auch seine schönen Seiten! – Nun: Ich bin nicht unmenschlich. Ihr dürft noch ein paar Stunden zusammen sein und dann in Frieden voneinander scheiden. Ist doch sicher besser, als ein Leben lang zusammenzukleben und sich täglich zu ärgern, nicht?

Wenn einer von euch beiden den anderen sucht oder wenn ihr unseren Plan verratet, soweit ihr davon überhaupt wisst, so ist der andere mausetot! Klar!' Mit hämischem Grinsen verliess der Halunke den Raum, bevor ich ihm die Fresse polieren konnte.

Ich kann Ihnen versichern, Pedrini, diese Worte schlugen bei uns beiden wie eine Bombe ein. Mir hämmert jedes Einzelne Tag und Nacht im Kopf herum. Ich kann einfach nicht verstehen, dass es so etwas eigentlich mitten in Europa noch gibt! Wie eine Geschichte aus dem neunzehnten Jahrhundert."

„Aber weiter! Susi war zu Hause ausgerissen, um mich zu suchen. Bei der Polizei muss sich offenbar ein Mitglied der Bande befinden, also ein Maulwurf! Jedenfalls wurde Susi, als man ihre Fragen bei der Polizei mit Kopfschütteln und Achselzucken beantwortete, plötzlich anonym auf eine Spur gelenkt. In einem kleinen Ristorante in Mailand sollte sie mich treffen, so wurde versprochen. Von dort wurde sie weggelockt und schliesslich zu mir in den Raum gesteckt, mit der Absicht, sie in Tunis gleichzeitig mit dem Rauschgift zu verschachern. Dies erzählte sie mir alles unter Tränen der Wut, Angst und Hilflosigkeit."

„Was denn für einen Stoff?" fragte Pedrini.

„Heroin, Kokain, Haschisch; ich weiss es nicht im Detail. So ungefähr zu einem Marktwert von gut dreihunderttausend Franken. Und das Teufelszeug ist hier auf diesem Schiff in der Kabine von Collgros!"

„Meine Güte", pfiff Pedrini durch die Zähne. „Aber Sie sind doch trotz allem ein Glückspilz, wenn Ihnen das reizende Töchterchen eines reichen Briefmarkenhändlers nachläuft!"

„Nein; ein Unglücksrabe ohnegleichen", zürnte Robert. „Man machte uns beiden klar, dass bei geringsten Widerstand des einen das Leben des anderen verwirkt sei. – Einen Tag liess man uns hungern und dürsten, um uns mürbe zu machen. Wir weinten und küssten uns verzweifelt; und wir kosteten diese letzten uns gegönnten Augenblicke in Liebe und Zärtlichkeit wie Ertrinkende. Alle fieberhaften Überlegungen für eine Fluchtmöglichkeit blieben erfolglos. Man verfrachtete uns in einen Wagen Richtung Genua. Durch stete Drohungen gefügig gemacht, gingen wir dort an Bord eines Schiffes mit Kurs nach Neapel. Dort wurden wir getrennt!

Ich vergesse diese schrecklichen Momente nie mehr in meinem Leben. Susi flüsterte ich zu, ihr unter allen Umständen zu folgen und sie herauszuhauen!" Robert hielt einen Moment inne, um ein Würgen in seiner Kehle zu unterdrücken, und er weinte dabei aus Zorn, Hass und Liebe zugleich.

Wir fühlten eine so innige Zuneigung und Liebe zueinander, ohne dass ein Wort gesprochen wurde." Mehr zu sich selbst, als zu Pedrini, murmelte er:

„Dieses stumme Nicken, diese leisen Tränen, die aus den silbernen Pünktchen der Pupillen schimmerten …"

„Was für Pünktchen?", fragte Pedrini.

„Ach, das verstehen Sie nicht! Was mir bei der langen Seereise alles durch den Kopf und durch das Herz schoss, kann ich nicht schildern. In Neapel bestiegen wir einen dreckigen Kahn, der uns nach Trapani schipperte. Und von dort kennen Sie meinen Weg. Gesehen hab ich Susi nicht mehr. Collgros, dieser Schuft, erklärte mir, sie sei mit einem Privatflugzeug abgeholt worden."

„Also, die Schmugglerware, das Rauschgift, ist hier an Bord?", holte Pedrini Robert wieder in die Wirklichkeit zurück. „Hm; Kopf hoch! Jetzt gehen wir gemeinsam los. Jetzt spielen wir zur Abwechslung mal die Gauner, nehmen den wertvollen Stoff an uns und tauschen diesen gegen ihre vielgerühmte Susi ein."

„Und ich bringe Sie damit in Lebensgefahr?!"

„Aber wieso nur?", meinte Pedrini. „Leute solchen Gelichters geht das Geld über alles! Sind wir erst im Besitz der Drogen, so befehlen wir; glauben Sie mir! Ich unterrichte jetzt gleich den Kapitän vom Allernötigsten, mit dem ich mich wirklich gut verstehe. Jede Minute ist kostbar, denn der Sturm hat nachgegeben. Wenn die See einigermassen ruhig ist, laufen wir bald im Hafen ein. Bis dann muss die Ware von uns sichergestellt sein!

Dann kann der verletzte Collgros, untätig wie er in seinem Zustand nun ist, seine Herren Kollegen oder Bosse über unsere Forderungen informieren. Die Hafenpolizei erfährt nichts von allem, sonst wird unser Druckmittel beschlagnahmt und Susi käme dann wirklich in Gefahr. So aber müssen diese Saukerle vorsichtig sein und dürfen es sich mit uns nicht verscherzen .Auf diesem gottverlassenen Inselchen haben sie gewiss keine Drogenspürhunde. Die hätten ja nicht mal genügend Futter für solche Viecher."

„Und der Kapitän?", fragte Robert. „Glauben Sie wirklich, dass er mit diesem Vorschlag einverstanden ist? Schliesslich ist dies doch alles gesetzeswidrig!"

„Ach, der gute Mann hat in seinem Seebärendasein so viele Geschichten erlebt, die gerade durch Auslassung gewisser Paragraphen glücklich endeten. Er wird doch einen verliebten Landsmann von mir nicht im Stich lassen, glauben Sie mir!"

„Vorläufig glaube ich nur, was ich sehe; ich bin wütend und krank vor Sorge", beteuerte Robert.

20

Die „Henrietta" verliess am folgenden Morgen den verschlafenen Hafen von Pantelleria ohne den Steward Pedrini. Träge glitt sie auf der spiegelglatten See wieder nach Sizilien zurück.

Der Kapitän hatte nach der Ankunft die Kajüte von Collgros persönlich durchsucht, der mit scheusslichen Flüchen protestierte und dann in eine Arztpraxis zur Behandlung seiner Fraktur überwiesen wurde. Der alte Kapitän überreichte Robert und Pedrini schmunzelnd einige Plastiktüten, unter der Bedingung, beim weiteren Verlauf der Dinge seinen Namen nicht zu erwähnen, damit er später nicht doch noch Schwierigkeiten bekäme.

„Kinder", meinte er: „Werdet mir aber keine Spitzbuben. Wenn ihr eure Signorina wieder habt, übergebt das Zeug hier den Behörden. Wenn es heutzutage auch etwas altmodisch klingt, aber unrechtes Gut gedeiht nicht! Der Saubande könnt ihr ja meinetwegen nach der Rückgabe von Susi einen oder mehrere Säcke voller Seeigel übergeben, damit deren schmutzige Finger beim Zugreifen endlich mal tüchtig jucken. Wenn ihr mir aber nicht innerhalb nützlicher Frist per Kabel mitteilt, dass die Behörden das Gift von euch zur Vernichtung erhalten haben und Fräulein Susi befreit ist, so hetze ich die ganze italienische Flotte auf euch und auf die Schmuggler. Also, zeigt, dass es noch Land- und Seeratten gibt, die es verdient haben, mit dem alten Carlo Bennetti auf der ‚Henrietta' geschaukelt zu haben!"

Collgros musste, rasend vor Wut, zusehen, wie die beiden jungen Männer den Stoff an sich nahmen und verschwanden. Hätte er bei den Hafenbehörden geplaudert, wäre er wohl auch nicht gerade gut weggekommen. Er zitterte vor Angst, dem grossen Pedro zu berichten, was für ein Versager er war. Dabei hatte er diesmal doch wirklich kaum was getrunken.

Das Gespräch, gewiss nicht sehr stilvoll, zwischen Collgros und Pedro, das bleibt wohl immer ein Geheimnis! Jedenfalls ist allgemein bekannt, dass die arabische Sprache die meisten Fluchwörter kennt. Ob es nur bei solchen bleiben würde?

21

Nun, nach diesen neuen Fakten blieb dem geheimnisvollen Boss keine andere Wahl als in den Deal einzuwilligen: Susi gegen den Stoff! Aber dass diese skrupellosen und mit allen Wassern gewaschenen Kerle so schnell aufgeben würden, davon konnte wohl nur ein Naivling träumen.

Obschon Robert und Pedrini via Collgros darauf pochten, zuerst Susi zu Gesicht zu bekommen und dann die Ware abliefern würden, und zwar äusserst energisch, liessen die Grossen im Geschäft ihren Spielraum und ihre Möglichkeiten abwägen.

Zwei Telegramme tickten fast gleichzeitig von der kleinen Insel: Eines nach Tunis zum ungeduldig wartenden Pedro und eines nach Luzern zu Susis besorgten Eltern. In Tunis fluchte Pedro auf Arabisch und besorgte sich eine Limousine zu einem international bekannten Hotel. Und in Luzern fluchte Steiner auf Schweizerdeutsch und verschaffte sich ein Ticket nach Sizilien.

Der sogenannte Chef, eine nicht unbedeutende Figur der Mafia Oberitaliens, war aber im Verhältnis zu Pedro nur ein kleiner Fisch. Solche konnten gegebenenfalls jederzeit „ausgetauscht" werden.

Der grosse Pedro, auch das war natürlich ein Deckname, kontrollierte und dirigierte den Drogenhandel in einem grossen Teil des Mittelmeeres. Er war weit gefährlicher. Sein „Geheimrezept" war es, nicht die üblichen Drogenrouten von Afghanistan über die Türkei nach Europa oder von Kolumbien und anderen südamerikanischen Staaten via Miami ins übrige Amerika zu schleusen. Nein, er suchte und fand ganz andere Wege, die nicht so kontrolliert und von Undercover-Agenten unterwandert waren.

Genau dieser Pedro liess seine Fäden spielen und verschaffte den schlecht entlöhnten Polizisten und deren Chefs unter anderem auch auf Pantelleria einen netten Zustupf. Damit waren diese Beamten eigentlich nur kleine Bauern auf dem Schachbrett! Und Bauern opfert man ohne zu zögern, wenn es dem Spiel dient!

22

Am nächsten Morgen kletterten zwei junge Männer an einem felsigen Küstenabschnitt von Pantelleria unweit der Hafenanlagen herum und vertieften sich in einer eigenartigen Beschäftigung. Vorsichtig, behutsam, fast andächtig und mit Gummihandschuhen bewehrt, griffen sie ins Wasser. Sie lösten sachte kleine und stachelige schwarzbläuliche „Kugeln" von den Felsplatten: Seeigel! Die spitzen Nadeln dieser harmlosen Stacheltiere brechen beim kleinsten Druck ab und bleiben im Fleisch stecken und haben oft schmerzhafte und unangenehme Folgen für einen unvorsichtigen Badefreudigen.

Als Robert und Pedrini ein ansehnliches Körbchen dieser stacheligen Knäuel gesammelt hatten, machten sie sich lachend auf den Weg zurück zu Kapitän Benettis Freund, Mario Rossini.

Dessen kleines Heim klebte in einer langen Reihe aneinandergebauter, weiss gestrichener Häuschen; etwas armselig, kaum gross genug, um sich behaglich darin zu fühlen; und doch einladend und freundlich im strahlenden Sonnenschein. Die etwas salzige Brise vom Meer her und ein leiser Fischgeruch zogen durch das kleine Fenster ins spärlich eingerichtete Wohnzimmer, dessen ganze Ausstattung aus drei oder vier Generationen zusammenkam: ein Tisch, zwei undefinierbare Schränke und viele Arten von Sitzgelegenheiten sowie viel zu hoch aufgehängte billige Farbdrucke von Heiligen, die dort ihr verstaubtes Dasein fristeten.

Die Bewohner all dieser kleinen Häuser waren zunächst misstrauisch gegen alles Fremde, wurden aber beim näheren Kennenlernen freundliche und gesprächige Leutchen, immer aufgelegt für einen Spass oder eine kleine Schelmerei. Das halbe Leben spielte sich hier im Gegensatz zu nördlichen Völkern auf der Türschwelle, ja eigentlich auf der angrenzenden Strasse ab. Das Haus brauchte man eigentlich nur zum Schlafen.

Auch am späten Abend tollten hier noch fröhlich die Kinder herum. Selbst der Fernsehapparat, vor dem auch diese abgelegene Gegend nicht ganz verschont wurde, stand ebenerdig auf dem Flur. Man sass plaudernd unter der Türe in der frischen Abendluft und schaute bei einem oder mehreren Gläschen erdigen Weines ab und zu in den Flimmerkasten, wenn da gerade mal was für diese Leute Interessantes gesendet wurde.

Seit Jahren verkehrte Kapitän Carlo Benetti, wenn seine „Henrietta" vor Anker lag, hier bei Mario. Dann wurden die neusten Witze ausgetauscht; manche Pfeife gestopft, bei dessen Wölkchenduft sich wohl die Nasen vieler nobler Damen beleidigt gewesen wären.

Immer zauberte Carlo von seiner Kapitänskajüte oder Mario aus seinem etwas versteckten Keller eine alte Flasche herben Weines herbei, der die Zunge lockerte. Kurz, es waren gemütliche und schöne Abende, bei denen einem die Weltpolitik den Buckel runterrutschen konnte.

Nun, in dieser Wohnstube, halb auf der Gasse und halb drin, warteten, sich ganz und gar nicht in diese harmonische Idylle einfügend, bitterernste Amtsmienen von zwei Carabinieri auf die beiden jungen Seeigelsammler. Die Frage war einfach, hatte diese Mini-Insel zwei oder vielleicht sogar drei Polizisten? War das ganze Aufgebot hier oder wartete vielleicht noch ein dritter Mann im Hinterhalt? Man wusste es kaum, denn auf dieser Insel gab es wahrhaftig nur wenig zu tun! Und wenn, dann drückte man ein oder beide Augen zu. Aber heute ging dies nicht, denn der Befehl kam von oben!

Interessant war wieder einmal mehr zu beobachten, wie ähnlich sich das Gebaren eines Gesandten der Obrigkeit eigentlich überall auf der Welt ist. Ob in Montevideo oder London, in Berlin oder auf Pantelleria, bei einer Verkehrsampel in Luzern, Mailand oder auf der Hauptwache in der Türkei: überall dieses gewisse Etwas, dieses Überlegene und Erhabene eines Bevollmächtigten.

Als nun Robert und Pedrini durch die kleine Tür des kleinen Häuschens eintraten und die Seeigel schmunzelnd auf den Tisch warfen, traf sie der triumphierende Blick der Beamten, wobei einer mit schneidender Stimme erklärte:

„Sie sind verhaftet. Folgen Sie mir sofort und ohne Widerstand, Signori!"

„Was zum Teufel habt denn ihr mit uns zu schaffen?", forschte Pedrini.

„Das wird Ihnen der Comissario erklären, wenn Sie unbedingt nochmals hören wollen, was Sie ja bereits gut genug wissen. Diebstahl im Wert von vielen Millionen Lire reicht wohl aus, um uns zu begleiten!"

Ratlos blickte Pedrini zu Robert, der achselzuckend meinte: „Gehen wir. Sie sind bewaffnet und Widerstand wäre lebensgefährlich und zwecklos!"

„Ihnen wird der Humor schon noch vergehen, wenn Sie die ganze Härte des Gesetzes trifft", zischte einer der beiden giftig in der sonst doch so melodiösen italienischen Sprache.

Und zum unschuldig und bieder dreinblickenden Rossini erläuterte einer der Beamten fast väterlich: „Da sehen Sie nun also, was für Galgenvögel bei Ihnen Unterschlupf gesucht haben!"

„Gewiss, Signori; ich bin untröstlich, aber auch unschuldig. „Tut mir den Gefallen und fasst diese Lumpen nicht allzu sanft an. Ich möchte sie am liebsten selbst ins Loch stecken!"

In einem unbewachten Augenblick blinzelte Rossini jedoch den beiden Verhafteten schelmisch zu, legte blitzschnell den Zeigefinger an den Mund und flüsterte: „Ich hol euch raus!"

„Wir haben hier kein Loch, sondern ein Gefängnis", widersprach der Uniformierte Rossini.

„Ach, ich weiss, äh …, ich glaube schon. Ist ja nur so eine Redensart. Doch, was geschieht mit dem Korb, den die beiden hierher gebracht haben?", indem er auf das stachelige Durcheinander auf dem Tisch wies.

„Diese Seeigel nehmen wir mit. Wer weiss: Vielleicht ist das auch ein Belastungsgegenstand für diese sauberen Herren", entschied der ältere der Carabinieri.

„Bezeichnend für die Dummheit der beiden", meinte dazu Robert trocken.

23

Das „Gefängnis" erwies sich tatsächlich als Loch!
Kakerlaken stoben davon, und Geckos klebten überall an den Wänden. Es stank fürchterlich: ein Gemisch von Salzwasser, Urin, Schweiss und Rauch;
gewürzt mit Knoblauch- und Zwiebelgeruch.

Als Robert und Pedrini endlich zum viel beschäfti-
gen Comissario vorgeladen wurden, bemerkten sie,
dass der Vernehmungsraum auch nicht viel komfor-
tabler ausgestattet war. Es wurde ihnen klar gemacht, sofort die beschlagnahmte Ware von der
„Henrietta" herauszugeben, ansonsten würden sie
für Jahre hinter „schwedische Gardinen" wandern.

Von einem Anwalt und einem ordentlichen Ge-
richtsverfahren hatte hier wohl noch kaum jemand
gehört. Immerhin: Die beiden neuen Freunde fanden
heraus, dass die Polizeiorgane von irgendwo weit

oben her „geschmiert" wurden, und zwar sicher nicht von der Provinz Sizilien oder gar von Rom. Der Name Pedro tauchte automatisch in ihrem Kopf auf.

„Wie viel?", fragte Pedrini.

„Was, wie viel?", meinte der Commissario.

„Nun, wie viel zahlt euch Pedro für diese Aktion?", klopfte Robert auf den Busch!

Der Commissario wurde abwechselnd puterrot und aschfahl im Gesicht; sagte aber kein Wort.

„Also", meinte Pedrini, der ja besser Italienisch sprach als Robert, „gehen wir nicht um den heissen Brei herum, wie die Katze! Sie wissen vielleicht einiges. Wir beide aber wissen alles! Verhaften Sie zunächst Collgros, der mit gebrochenem Bein beim einzigen Dottore auf dieser Insel liegt und in einem dessen zwei oder drei Spitalbetten Zuflucht gefunden hat. Es handelt sich um einen Rauschgift-Deal im Wert von etwa fünfzigtausend Dollar."

Untertreiben war in diesem Fall wohl eher angebracht. „Der Stoff soll weiter nach Tunis gebracht werden, zu Pedro, eurem grossen unbekannten Wohltäter. Wir sind bereit, das „Gift" an euch auszuliefern; aber im Gegenzug verlangen wir die sofortige Freilassung von Susi Steiner! Oder", dehnte Pedrini, wollen Sie, Comissario, wirklich, dass die ganze Sauerei von höheren Instanzen untersucht wird und sich Ihr Lebensstil künftig etwas ändert?"

„Wer ist Susi Steiner?", meinte der Commisario, der diesen deutschen Namen kaum aussprechen konnte.

„Das geht Sie einen feuchten Dreck an! Doch nein: Das ist die Verlobte meines Freundes hier! Wenn nicht darauf eingegangen wird, liefern wir das Zeug entweder der Mafia oder der Regierung ab. Beides könnte für euch sehr ungemütlich werden!"

„Collgros ist fort", meinte der Beamte mürrisch. „Er wurde einfach nicht mehr gesehen. Offenbar war er entbehrlich geworden. Und genau dies will ich nicht erleben!" Sofort bereute der Commisario seinen Ausbruch, wie man an seinem Mienenspiel ablesen konnte. Aber es war eben schon hinausgerutscht.

„Signore: Sie können sich einen schönen Batzen und vielleicht eine Beförderung weit weg von hier verdienen, wenn Sie uns helfen", offerierte nun Pedrini.

„Uns geht's wirklich nicht um das Geld und um den Stoff. Uns geht's um die Freilassung von Susi aus einem Bordell in Tunis, und zwar bevor diese sich dort aus Verzweiflung das Leben nimmt! Also, die Sache ist ganz einfach: Alles oder nichts! Nein, noch besser: Sie verschwinden spurlos wie Collgros oder Sie helfen uns! Wenn Sie auch gewiss nicht die Anschrift dieses grossen Pedro in Tunis persönlich kennen, so wissen Sie doch gewiss, woher die windigen paar Kröten kommen, mit denen er Sie und ihre Kollegen hier kauft. Ein Telegramm nach Tunis genügt. Und sollten Sie Mühe haben beim Aufsetzen des Textes: Wir sind Ihnen gern behilflich!"

Am selben Abend sassen alle Beteiligten, wenigstens die Wichtigsten, im Haus von Rossini bei einem Glas Wein und anschliessend bei Espresso und Grappa zusammen und warteten etwas unruhig, bedrückt und doch gespannt auf eine Antwort aus Tunis.

In jenen Augenblicken traf Steiner in Sizilien ein und verfluchte sich, dass er in der Schule nicht das Freifach Italienisch gewählt hatte, denn er kam dort kaum über die Hotelmauern mit seinen Geografie- und Sprachkenntnissen hinaus. Und irgendwie war ihm Palermo etwas unheimlich. Sein Luzern war da doch etwas friedlicher und gemütlicher.

24

Susi wurde so plötzlich aus der Hölle entlassen, wie sie hereingekommen war. Ob sie bereits einem lüsternen Araber oder auch einem westlichen Touristen zu Diensten sein musste, das blieb allein ihr Geheimnis. Sie sass in einem kleinen maurischen Teehaus in den Souks von Tunis.

Diese waren wirklich eine Attraktion sondergleichen, interessierten sie aber im Moment herzlich wenig. Die Wohlgerüche Arabiens, ein Gewimmel an Mensch und Tier, ein Geschrei und Feilschen um Waren, mit Silberziselierungen eingelegte Kupferarbeiten, sogenannte antike Dolche, möglichst noch aus der Zeit Aladins und seiner Wunderlampe, Teppiche und Stoffe, kurz: ein Bild wie aus Tausendundeiner Nacht!

Sie schlürfte heissen, süssen Tee aus einem winzigen Glas. Ein Gemisch aus verschiedenen Teesorten, mit einem Spritzer Jasmin und einem Pfefferminzkräutchen, das tat wohl. Noch ganz verstört und auch unendlich traurig, halb depressiv, knabberte sie an einem typisch schauderhaft süssen, aber guten arabischen Gebäckstück und betrachtete dabei die zierlichen Arabesken und kunstvollen Gitterwerke, die in maurischem Stil das Lokal schmückten. Draussen fächelten die Palmwedel in der gegen Abend etwas kühler werdenden Brise.

Über Mittag entwickelte die Sonneneinstrahlung auch in dieser Jahreszeit bereits eine beachtliche Intensität, so dass sich schon einige Badefreudige in den Hotelpools und ganz Verrückte sich sogar im Meerwasser tummelten.

Sie sollte hier warten, bis weitere „Befehle" eintreffen würden. Ein mit einer dunklen Dscheballa, Bart und Sonnenbrille unkenntlich gemachter Araber hatte sie ohne weitere Worte und ohne Kommentar hierher gebracht.

„Da erlebt man in wenigen Tagen mehr als andere in einem ganzen Menschenleben", seufzte sie. „Aber auf solche Albträume könnte ich sehr wohl verzichten!"

Plötzlich löste sich aus der Menge der Menschen eine Gestalt und trat zu ihr. Sie traute im Moment ihren Augen und ihren Sinnen nicht."

„Um Himmels willen. Robert, mein Robert", schrie sie auf und presste ihn mit aller Inbrunst an sich. Was sich jetzt in den beiden Verliebten abspielte, dazu fehlen einfach die Worte. Intensive Gefühle lassen sich schwer beschreiben. Robert riss Susi und sich mit Gewalt in die Gegenwart zurück und flüsterte:

„Susi, wir müssen hier sofort weg! Bitte jetzt keine Fragen und folge mir einfach. Wir fliehen nach Karthago! Ich habe mit dem grossen und gefürchteten Pedro, einem Araber besonderen Kalibers, einen Deal ausgehandelt mit Deiner Freilassung gegen den Austausch des Stoffes, den wir beschlagnahmt haben. Und das ist schlichtweg lebensgefährlich!

„Mein neuer und treuer Freund Pedrini kennt in den antiken Ausgrabungen der einst versunkenen Prachtstadt Karthago, heute ein Stadtteil von Tunis, ein geheimes Versteck. Dort müssen wir mit klarem Kopf und unerkannt eine Fluchtmöglichkeit realisieren. Wer hat dich denn übrigens hierher gebracht?"

„Ich weiss nicht", stotterte Susi. Diese Araber gleichen einander ja alle! Er war praktisch stumm wie ein Fisch im Wasser und seine drei Worte in Englisch hatten einen fürchterlichen Akzent!"

25

In der Antike war Karthago Hauptstadt der gleich-
namigen nordafrikanischen See- und Handelsmacht.
Es wurde etwa im achten Jahrhundert vor Christus
gegründet. Die Einwohner wurden von den Römern
als Punier bezeichnet. Karthago ging später ganz im
römischen Reich unter. In seiner Blütezeit wohnten
dort um die 400'000 Menschen. Man stelle sich dies
mal vor mit den Möglichkeiten und in den Verhält-
nissen jener Zeit!

„Alles findet ein Ende", so ist wohl der bekannte
Satz eines römischen Eroberers vielen aus der
Schulzeit bekannt geblieben: „Im Übrigen meine
ich, dass Karthago zerstört werden muss!" Laut der
Überlieferung wurde nach der Schleifung der ganze
Boden mit Salz bestreut, um die Gegend unfruchtbar
zu machen. Die Ruinen von Karthago dienten

jahrhundertelang als Steinbruch für Bauten in vielen umliegenden Städten.

Die Ausgrabungen von Karthago gehören zu den bedeutendsten touristischen Attraktionen Tunesiens, und viele Reiseveranstalter bieten Tagesausflüge von den Badeorten der Mittelmeerküste an.

Pedrini wartete ungeduldig bei einem etwas versteckten Punkt an den Ruinen auf Robert und Susi. Auch er war sich völlig darüber im Klaren, dass Pedro, der grosse Boss, sie nicht ohne weiteres fliehen liess. Sie waren Mitwisser, und zwar gefährliche! Das Rauschgift wurde von susi dem Überbringer in Tunis ausgehändigt, einem ahnungslosen und arbeitlosen jungen Tunesier, der für seinen gefährlichen Botengang ein paar Dinare bekam. Dieser Bote wurde nachher nie mehr gesehen.

Aber wer fragt schon in den verschachtelten Strassen und Gebäuden der Altstadt von Tunis nach einem verschollenen Mann?

Als sich die drei endlich trafen und dicht gedrängt auf einer kleinen Steinplatte standen, gab diese plötzlich nach, und mit einem Aufschrei fielen sie etwa zwei Meter in die Tiefe. Verletzt wurde niemand, aber der Schreck fuhr in alle Glieder.

Zum Glück hatte Pedrini nebst Flugkarten für die Tunisair einige Flaschen Mineralwasser, einen Stadtplan und weiteren unentbehrlichen Kleinigkeiten auch eine Taschenlampe dabei, die beim Fall nicht beschädigt wurde. Sie waren gewiss nicht die Ersten, die in den geheimen Gängen und Höhlen hier herumtappten. Denn wohl Unzählige waren auf gut Glück nach der Suche antiker Kostbarkeiten seit Generationen hier herumgestrolcht.

Alberto Pedrini leuchtete im jahrhunderte- und jahrtausendealten Stollen herum. Gespenstisch leuchtete der Strahl der Lampe da und dort auf. Und da … „meine Güte, das gibt's doch einfach nicht!", stiess er hervor.

„Was denn", fragten Susi und Robert zugleich, in der Sorge, irgendein giftiges Viech aufgestöbert zu haben.

„Der Stoff; die Plastiktüten! Und damit etwa je nach Marktlage und Nachfrage zwischen zwei- oder dreihunderttausend Franken! Hier ist also das Versteck der Halunken; bis die Lage etwas ruhiger wird und weiter verkauft werden kann. Pedro wäre ja auch ein Idiot, wenn er die Ware irgendwo bei sich zu Hause versteckt hielte."

Alle drei hielten den Atem an. „Und nun, was tun?"

„Wir markieren eine andere Stelle in diesen Höhlen unauffällig. Und dann ab und zur Schweizer Botschaft in Tunis. Wir brauchen neue Pässe und etwas Kleingeld, denn wir sind gewiss nicht so verrückt und fliegen mit den Tickets, die ich beim Tausch erzwungen habe, vom Flughafen Tunis-Carthage nach Zürich."

„Pedro hat sicher seine Gorillas auch dort für uns bereit!" Robert entwickelte wirklich immer mehr seine Fähigkeiten als Detektiv oder dann einen Gaunerinstinkt. „Alles eine Sache der Übung", dachte er sich im Stillen. Er war aber nicht ganz ruhig und überzeugt.

26

Es war gar nicht so einfach, an der Rue du Lac D'Annecy, an der die Schweizer Botschaft lag, zum Botschafter persönlich vorzudringen. Da gab es einen dritten, einen zweiten und einen ersten Sekretär. Nach zähen Diskussionen und der Mitteilung, sie seien „Geheimnisträger erster Klasse" und hätten ein aussergewöhnliches Verbrechen zu melden, das noch zum Teil verhindert werden könne, liess man die drei endlich ins Büro des Botschafters eintreten, eines freundlichen Herrn Dr. Ernst Müller.

An den Wänden hingen Farbdrucke vom Matterhorn, vom Tessin, vom Lac Leman und andere beliebte Sujets. Und Susi, Robert und Alberto packte das Heimweh. Als Dr. Müller die drei beobachtete, wie sie diese Bilder förmlich in sich hineinfrassen, lächelte er leise und meinte: „Die meisten Schweizer packt irgendwann das Heimweh, obschon sie zu Hause wieder unter Fernweh leiden!"

Nach den üblichen Höflichkeitsfloskeln kam man zur Sache. Der Botschafter traute seinen Ohren nicht, als er kurz zusammengerafft die Sachlage erörtert bekam.

„So was gibt's ja eigentlich nicht", meinte er. „Aber ich weiss: Das Leben schreibt die interessantesten und verrücktesten Geschichten. Ich werde den tunesischen Geheimdienst avisieren und natürlich auch unser Aussenministerium in Bern orientieren. Der zuständige Bundesrat weilt zwar im Winterurlaub, ist aber gewiss nicht böse, wenn etwas Abwechslung in seine Skitage in den Bergen kommt. Inzwischen machen Sie es sich hier so bequem wie möglich. Ich erstelle so genannten Notpässe. Übrigens: Haben Sie Hunger?"

„Hunger und Durst wie ein Tier!", antworteten die drei im Chor.

„Nun gut", meinte der Botschafter: „Emmentaler, Cervelats und Schweizer Schokolade haben wir hier zwar gerade nicht auf Vorrat, aber vielleicht irgend ein „Eingeklemmtes" und einen Schluck Bier oder Wein, das liesse sich organisieren!"

Während des etliche Stunden dauernden Aufenthalts lungerten vor dem Gebäude einige zwielichtige Gestalten herum, die man hier sonst nie antraf. Wahrlich, der grosse Pedro hatte viel Fussvolk! So ganz sicher waren sich diese Leute allerdings nicht, ob sie wirklich vor der Schweizer Botschaft spionierten oder ob dies eine Niederlassung des Roten Kreuzes war.

Wer wusste denn dort schon, dass der Gründer des Roten Kreuzes, Henri Dunand, seines Zeichens Schweizer, für das Rote Kreuz ein Logo wählte, das die umgekehrte Schweizer Fahne darstellte, nämlich das rote Kreuz im weissen Feld anstelle des weissen Kreuzes im roten Feld? Das war dann wirklich doch zu kompliziert!

Inzwischen wurde vom Geheimdienst das antike Karthago säuberlich in Planquadrate aufgeteilt, und Robert und seine Begleiter konnten ungefähr die Stelle bezeichnen, in der sie durchgebrochen waren. Unauffällig wurde der Ort durch Personen in Zivil überwacht. Man fand die wertvollen Päckchen beschlagnahmte diese.

Pedro schäumte vor Wut, tobte wie ein Berserker und packte in aller Eile das Wichtigste zusammen; während auf dem Flughafen sein Privatjet startklar gemacht wurde.

Als die Spezialeinheiten endlich Pedros Villa stürmten, war der Vogel bereits sprichwörtlich ausgeflogen. Die Bediensteten wussten natürlich von nichts! Schliesslich war ihr Effendi doch ein absoluter Ehrenmann und ein gläubiger Mann zugleich.

27

Als Steiner mit seinem Himmeldonnerwetter aus Sizilien zurückkehrte, traf er zu Hause seine Hilda, die nun wirklich wohl das erste Mal seit langer Zeit keinen Klassiker zu zitieren wusste, sowie Susi, Robert und den ihm bisher unbekannten Pedrini an. Er meinte lakonisch:

„Diese Reise hat mich mehr gekostet als das geklaute ‚Luzerner Mädchen'. Und Sie", zu Robert gewandt, „oder du, wenn dir das besser gefällt, bekommst jetzt natürlich auch keines geschenkt, denn du hast mir das gestohlene Exemplar nicht zurückbringen können. Es ist für immer futsch!"

„Doch", meinte Robert: „Ich bitte Sie, oder dich, wenn dir das besser gefällt, um die Hand deiner Tochter Susi, des schönsten Luzerner Mädchens auf der ganzen Welt!"

„Himmeldonnerwetter, jetzt wird mir ja nochmals ein Luzerner Mädchen gestohlen! Aber sag mal, Susi, hast du diesen Strolch auch wirklich lieb?"

„Schon im ersten Augenblick, wo wir uns begegnet sind", jubelte seine Susi.

„Na ja, wir sind ja auch nicht aus Holz; was meinst du, Hilde? Man hat das ja kommen sehen und bald mal gemerkt, dass ihr euch wohl noch für längere Zeit aneinander ärgern und wieder Versöhnung feiern werdet!"

„Drum prüfe, wer sich ewig bindet; ob sich auch Herz zu Herzen findet", fand nun Hilde doch wieder Worte und meinte, dass dies schon Goethe gesagt habe.

Robert, etwas abgehärtet durch die Erlebnisse der vergangenen Zeit, fasste sich einen Löwenmut und erwiderte: „Das hat Schiller gesagt!"

„Ach was", antwortete Hilde mit Tränen der Rührung in den Augen: „Sei es, wer es sei!

Komm, mein Junge, komm Robert, in meine Arme. Jetzt öffnen wir einen Champagner, der es in sich hat; mindestens vom Label her!"

„Wäre ja eigentlich meine Sache", brummte Hugo. „Aber hör mal: Kannst du meine Tochter auch ernähren? Was bist du eigentlich nebst Privatdetektiv von Beruf?"

„Genau eine solche Detektei eröffne ich demnächst in Luzern. Hier sind so viele Touristen und vielleicht so viele Ehefrauen, die ihre Männer überwachen lassen wollen. Der Laden muss florieren. Übrigens: Als Startkapital dient die Belohnung für den aufgedeckten Drogen-Deal in Tunesien!"

„Muss man dich etwa auch überwachen?", fragte Susi Robert.

„Nein", meinte dieser, „es gibt für mich nur ein Augenpaar mit silbernen Pünktchen in den Pupillen und mit Schalk im Nacken. Ehrenwort! Sonst kannst du mich gleich an Pedro verschachern!"

„Wo dieser Saukerl wohl nun steckt?", meinten alle durcheinander. Eine Frage, die wohl nur Pedro selbst beantworten könnte. Die Welt ist gross und weit und voller Wunder und Rätsel!

28

Was geschah nun mit den beiden Verliebten in der folgenden Zeit? Das überlassen wir der Phantasie aller derer, die auch mal verliebt waren! Unzählige Varianten und Möglichkeiten stehen denen offen, die wirklich und von ganzem Herzen verliebt sind und es auch bleiben.

Übrigens: Pedrini zog es bald wieder hinaus in die weite Welt. Er versprach aber hoch und heilig, wenn die Hochzeitsglocken läuten würden, sofort aus allen Ecken der Erde nach Luzern zu kommen.

Und Flitterwochen? Natürlich in Morcote am Luganer See.

Und spätere Ferien? Da kannte man ein kleines Inselchen zwischen Sizilien und Tunesien mit ganz tollen Originalen von Leuten.

Wie enden viele Geschichten? „Wenn sie nicht gestorben sind, dann leben sie heute noch!"

Nachwort

Ist dies nun ein kleines „Abschiedsgeschenk", eine Art Hommage für manchen Philatelisten, der nicht mehr so begeistert sammelt wie früher? Vielleicht! Heute „läuft" das Meiste über SMS, E-Mails oder Frankiermaschinen! Aber wer weiss, vielleicht kommt auch für dieses Segment der Sammelwut irgendwann eine Renaissance?! Der Autor würde sich freuen! Und mit ihm vielleicht noch manche ehemalige eifrige Sammler.